王争艳精神的时代价值

上医之境

副主编 ◎ 刘国庆

主 编 ◎ 林国生

武汉出版社

（鄂）新登字 08 号

图书在版编目(CIP)数据

上医之境:王争艳精神的时代价值/林国生主编.
—武汉:武汉出版社,2010.6
ISBN 978－7－5430－5075－4

Ⅰ.①上…　Ⅱ.①林…　Ⅲ.①纪实文学－中国－当代
Ⅳ.①I25

中国版本图书馆 CIP 数据核字(2010)第 098697 号

主　　　编:林国生
责 任 编 辑:万洪涛　袁英红
封 面 设 计:武汉慧泽书业有限公司
出　　　版:武汉出版社
社　　　址:武汉市江汉区新华下路 103 号　　邮　编:430015
电　　　话:(027)85606403　85600625
http://www.whcbs.com　　　E-mail:zbs@whcbs.com
印　　　刷:武汉安捷印刷有限公司　　经　销:新华书店
开　　　本:787mm×1092mm　1/16
印　　　张:9.5　　字　数:210 千字　　插　页:22
版　　　次:2010 年 6 月第 1 版　　2010 年 6 月第 1 次印刷
定　　　价:38.00 元

日内瓦宣言

准许我进入医业时：

我郑重地保证自己要奉献一切为人类服务。

我将要给我的师长应有的崇敬及感激；

我将要凭我的良心和尊严从事医业；

病人的健康应为我的首要的顾念；

我将要尊重所寄托给我的秘密；

我将要尽我的力量维护医业的荣誉和高尚的传统；

我的同业应视为我的手足；

我将不容许有任何宗教，国籍，种族，政见或地位的考虑介于我的职责和病人间；

我将要尽可能地维护人的生命，自从受胎时起；

即使在威胁之下，我将不运用我的医学知识去违反人道。

我郑重地，自主地并且以我的人格宣誓以上的约定。

——世界医协大会　1948年

彩页导读

领 导 关 怀

中共中央政治局常委、国务院副总理李克强在人民大会堂接见王争艳并与她亲切交谈

湖北省人民政府省长李鸿忠看望慰问王争艳

中共湖北省委副书记、武汉市委书记杨松看望慰问王争艳

中共湖北省委常委、省委秘书长李春明接见王争艳

中共湖北省委常委、副省长张岱梨授予王争艳
"湖北省劳动模范"匾牌

武汉市人民政府市长阮成发看望慰问王争艳

中共武汉市委常委、宣传部长朱毅接见王争艳一行

中共湖北省委常委、省委秘书长李春明，中共湖北省委常委、副省长张岱梨，湖北省卫生厅党组书记杨有旺，湖北省卫生厅厅长焦红，湖北省卫生厅副厅长孙兵，武汉市卫生局原党委书记张建华出席湖北省"王争艳同志先进事迹座谈会"

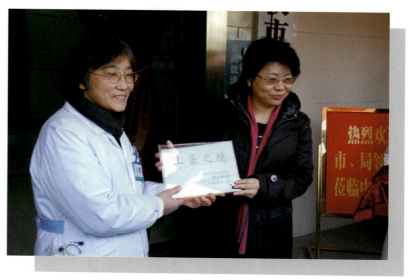

武汉市人民政府副市长刘顺妮授予王争艳"上医之境"匾牌

湖北省卫生厅党组书记
杨有旺与王争艳亲切交谈

湖北省卫生厅厅长焦红授予
王争艳"湖北省人民好医生"
匾牌

武汉市卫生局局长
林国生授予王争艳
"武汉市优秀社区
医生"匾牌

小处方，大情怀；基层医院，大医风范；基层医生，上医水平。

——湖北省人民政府省长　李鸿忠

在深化我市医改过程中，要把卫生队伍建设摆在十分突出的位置抓紧抓好。要重点加强医德医风建设，引导干部群众深入学习王争艳，扎根基层、深入社区，为广大群众提供优质的医疗卫生服务。

—— 中共湖北省委副书记、武汉市委书记　杨　松

要学习王争艳同志爱岗敬业、精益求精的职业信念；要学习王争艳同志爱民为民、尽心尽力的高尚医德；要学习王争艳同志廉洁文明、自尊自爱的优良医风；要学习王争艳同志扎根基层、甘于奉献的崇高精神。

——中共湖北省委常委、省委秘书长　李春明

一是要学习她心系群众、服务人民的高尚品质；二是要学习她爱岗敬业、精益求精的职业信念；三是要学习她廉洁行医、甘于奉献的崇高医德。

——中共湖北省委常委、副省长　张岱梨

王争艳的事迹非常感人，"王争艳"更要代表一种精神，带动成千上万个"王争艳"在武汉涌现。

——武汉市人民政府市长　阮成发

王争艳是可敬、可学的鲜活典型，她最大的特点是把本职工作做到了极致，她的事迹是平凡的，但平凡中蕴含着伟大的人生哲理；她在物质上是清贫的，但精神上是富有的；她高尚的人格力量和魅力，净化着人们的心灵。

—— 中共武汉市委常委、宣传部长　朱　毅

名叫争艳不争艳，不争自艳最鲜艳。

——武汉市人民政府副市长　刘顺妮

不同的境况　相同的力量

（代　序）

　　"成功的花，人们只惊羡她现时的明艳！然而当初她的芽儿，浸透了奋斗的泪泉，洒遍了牺牲的血雨。"

　　2009 年的冬天，一位名叫王争艳的普通社区医生感动了我们，温暖着江城。

　　第一次见到王争艳，是去年的 12 月 25 日，我去汉口医院金桥社区卫生服务中心看望她。当时还发生了一个有趣的小插曲。一位婆婆一看到我，就拦着我激动地说："我要跟领导夸一夸，王医生真是好啊！有这样一位好医生，是我们的福气。感谢政府给我们这么一个好医生！"

　　我当时感触非常深，同时也感到很欣慰。王争艳只是一个普通的社区医生，却受到了老百姓由衷的拥护和爱戴；她没有什么丰功伟绩，却 26 年来始终坚持全心全意为人民服务；她处处为患者着想，在平凡的岗位上做出了极不平凡的光辉业绩，赢得了同行的尊敬和社会各界的广泛赞誉。

　　将王争艳的故事编印成册，让更多的人去了解、去学习，我觉得很有必要。王争艳只是武汉市优秀医务工作者中的一员，也只是卫生战线中的普通一员。然而，正是有千百万个这样普普通通的劳动者在奉献、在付出，我们的家园才更美丽，我们的江城才更和谐。

　　有些人的工作，关系到国家的经济发展；有些人的工作，关系到国家的和平稳定；而更多人的工作，是与我们每个人的吃穿住行、健康生活密切相关。

　　虽然在不同的领域，虽然有不同的境况，但他们为人民服务的心愿是相同的，他们带来的鼓舞与力量是相同的，他们给我们的感动是相同的。

　　工作不在于岗位，工作也不在于职位，只要工作着，就是美丽的。

　　一如王争艳，上医的境界，榜样的力量！

武汉市人民政府副市长：

2010 年 8 月

目　录

第一章　王争艳个人历程

王争艳，女，1954 年出生，武汉市汉口医院金桥社区卫生服务中心主任，内科副主任医师，中共党员，本科学历，1984 年毕业于武汉医学院（现更名为华中科技大学同济医学院），2010 年被华中科技大学同济医学院聘为兼职教授。王争艳行医 26 年，始终用白求恩"毫不利己、专门利人"的精神要求自己，用一颗仁爱之心，坚守着一切为病人着想的行医准则，"让病人花最少的钱得到最好的治疗效果"，以全心全意为患者做好医疗服务的职业精神，得到了组织和社会的认可，得到了人民群众的尊敬和爱戴，成为武汉市医生群体的优秀代表。2009 年 9 月 25 日，经过 36000 多名市民无记名投票，她从全市医生中脱颖而出，当选武汉市首届"我心目中的好医生"。同年 12 月，王争艳被武汉市人民政府副市长刘顺妮赠予"上医之境"匾牌，被武汉市卫生局授予"武汉市优秀社区医生"称号。2010 年 1 月，王争艳受到国家卫生部表彰，荣获"全国医药卫生系统先进个人"称号，中共中央政治局常委、国务院副总理李克强亲自为其颁奖，2010 年 4 月，被国务院授予"全国先进工作者"荣誉称号，2010 年 6 月，被中共武汉市委员会授予"武汉市优秀共产党员"荣誉称号。

人命至重，有贵千金，一方济之，德逾于此。

——孙思邈

一、王争艳的家庭

王争艳出生于革命军人家庭，父亲是中国人民解放军第四野战军的一名军人，1949 年随军南下，武汉解放后留汉，随后与在军中当护士的王争艳的母亲结婚，并在武汉安了家。

1954 年长江发大水，国家号召共产党员到最需要的地方去，到最艰苦的地方去，王争艳的父亲响应号召报名到了洪湖。当时，王争艳的母亲不顾自己有孕在身，毫不犹豫地跟着丈夫到了洪湖。王争艳的父亲在一家条件艰苦的基层医院当院长，母亲则在手术室当护士，从此扎根洪湖，再也没有回武汉。

二、王争艳受到的影响

很多人对王争艳的父母舍弃大城市的舒适生活，甘愿落户到洪湖农村过苦日子的行为不理解，但在王争艳的成长过程中，她的父母用这样的行为告诉了她什么是勇于担当，什么是乐于奉献，什么才是真正的无私。

王争艳的父亲 40 岁时就患有高血压，但其坚持工作，一直没有病休。王争艳母亲家世代行医，她曾对王争艳说："不为良相，即为良医。"从此王争艳开始对良医有一种朦胧的向往。

当时洪湖乡下医院条件差，时常有病人在手术中需要输血却无血可输，这时王争艳的母亲就会挽起袖子说："我是 O 型血，抽我的！"她多次因为

王争艳心语

我懂得老百姓的艰辛，因为我就是他们中的一员。

是以万物莫不尊道而贵德。

——老子

过度劳累而晕倒，醒来后又继续工作。母亲是第一个让王争艳见到医者仁心光辉的人。

童年时，王争艳住在医院对面的宿舍里，经常在夜里被那些失去亲人的农民和渔民们撕心裂肺的哭声所惊醒，这哭声在王争艳幼小的心里打下了深深的烙印，乃至影响了她的一生。

1974年，王争艳高中毕业，这时她的父亲已经去世。王争艳留在母亲身边承担起长女的责任，她放弃了到工厂工作的机会，而选择到医院干临时工，先是扫地、挑水、送饭、分诊、煎中药、住院收费，后来学习打针护理病人。当她能独立完成护理工作时，她这个临时工护士被派到传染科照顾肺结核病人。

从出生到1977年，王争艳人生前23年基本是生活在毛泽东时代的，王争艳曾经说过，对自己影响最深的就是毛泽东时代的精神，比如艰苦奋斗的大庆精神、铁人精神；比如全心全意为人民服务的雷锋精神；再比如积极面对困难的红旗渠精神，和群众密切联系、共同奋斗改变兰考的焦裕禄精神，这些精神都对日后王争艳医德精神产生了重要的影响。

1977年，王争艳参加了文革后的第一场高考，考入了武汉医学院（现更名为华中科技大学同济医学院），但到校没多久，她就病了，症状与她曾照顾的肺结核病人一样，因此她不得不休学治病。

在休学治疗肺结核的两年里，王争艳深深地体会到了病人的痛苦和无助。在以后的工作中，只要遇到咳嗽时间长点的年轻人，她都会多问几句，还会陪他们去做透视。

王争艳入校时，年龄就是最大的。因为病休，五年的大学，她读了七年，她也因此丧失了考研读博的机会。

王争艳说："怎么当一个好医生，有两个人对我影响至深。一位是写《道德经》的老子，他说'上善若水，水善利万物而不争'；另一位就是德高望重的裘法祖院士（我国现代外科学、器官移植学的主要开拓者和奠基人之一）。王争艳毕业于同济医学院，曾师承

人之所病病疾多，而医之所病病道少。　　　　——扁鹊

一代名医裘法祖院士。裘法祖院士在上课时曾讲过："先看患者，再看片子，最后看检查报告，是为上医；同时看片子和报告，是为中医；只看报告，提笔开药，是为下医。""他一生追求医术近于仙，医德近于佛，他的教诲，让我树立了要做一个上医的信念。"

> **王争艳心语**
>
> 我这么多年能坚持下来，全因为病人的爱。

三、王争艳的从医之路

王争艳 1984 年从武汉医学院（现更名为华中科技大学同济医学院）毕业后，在武汉铁路分局汉口医院（现更名为武汉市汉口医院）开始了医生生涯，先后担任该院心血管内科、肾脏内科、呼吸内科等综合内科医师，并于 1991 年成为主治医师。1995 年至 2005 年，王争艳调任武汉市汉口医院门诊部主治医师，1998 年 3 月至 10 月在同济医院肾内科进修。2005 年至 2006 年，王争艳担任武汉市汉口医院江岸门诊部主治医师。2006 年至 2009 年，王争艳先后担任武汉市汉口医院汉口门诊部主治医师、副主任医师。2008 年 3 月至 2009 年 5 月担任武汉市汉口医院汉口门诊部主任。2009 年 5 月，王争艳任武汉市汉口医院金桥社区卫生服务中心主任。2009 年 12 月，王争艳正式退休后，被武汉市汉口医院返聘，继续在金桥社区卫生服务中心工作。

四、王争艳获得的荣誉

王争艳从医 26 年来，多年如一日地坚守职业道德，曾先后多

医不贵于能愈病，而贵于能愈难病；病不贵于能延医，而贵于能延真医。
　　　　　　　　　　　　　　　　　　　　——张景岳

次获得国家、省、市等各级表彰。

1990年8月，被武汉铁路分局授予"1990年度分局技术大比武医疗专业第一名"荣誉称号；

1990年12月，被中共武汉铁路分局委员会、共青团武汉铁路分局委员会授予"1990年度练功比武活动技术标兵"荣誉称号；

1991年2月，被武汉市卫生局授予"武汉市卫生系统优质服务先进工作者"荣誉称号；

1991年3月，被武汉市文明城市建设委员会授予"武汉市先进个人"荣誉称号；

1993年12月、1995年4月、1996年4月，先后三次被武汉铁路分局授予"双文明先进职工"荣誉称号；

1994年4月，被铁道部郑州铁路局授予"郑州铁路局先进工作者"荣誉称号；

1995年2月，被武汉市卫生局、武汉市人事局授予"优秀卫生工作者"荣誉称号；

1996年2月，被武汉铁路分局汉口医院授予"1995年度先进工作者"荣誉称号；

1997年1月，被武汉铁路分局汉口医院党政工团授予"先进工作者"荣誉称号；

1997年12月，被武汉铁路分局汉口医院授予"先进个人"荣誉称号；

1998年3月，被武汉铁路分局党政工团授予"双文明先进生产（工作）者"荣誉称号；

1999年12月、2000年12月、2003年1月、2005年1月，先后4次被武汉铁路分局汉口医院党政工团授予"双文明先进个人"荣誉称号；

1999年12月，被武汉铁路分局党政工团授予"安全生产先进个人"荣誉称号；

古之圣人，其为善也，无小而不崇；其于恶也，无微而不改。改恶崇善，是药饵也。

——龚廷贤

2000年5月，被武汉铁路分局党政工团授予"优秀医生"荣誉称号；

2001年4月，被武汉铁路分局授予"优秀医师"荣誉称号；

2002年1月，被武汉铁路分局党政工团授予"双文明先进职工"荣誉称号；

2003年8月，被中共武汉市卫生局委员会，武汉市卫生局授予"武汉市卫生系统防治非典型性肺炎先进个人"荣誉称号；

2004年3月，被郑州铁路局授予"三八红旗手"荣誉称号；

2005年12月、2007年12月、2009年2月，先后三次被中共武汉市委组织部、武汉市人事局评定为"年度考核优秀"；

2007年2月，被武汉市汉口医院授予"优秀员工"荣誉称号；

2008年1月，被武汉市汉口医院授予"服务明星"荣誉称号；

2008年1月、2009年1月，先后两次被武汉市汉口医院授予"优秀管理干部"荣誉称号；

2008年7月，被武汉市汉口医院授予"第二季度服务明星"荣誉称号；

2009年1月，被武汉市汉口医院授予"十佳服务明星"荣誉称号；

王争艳心语

现在，武汉市社区医疗网络健全，实现了5分钟一个站、15分钟一个中心(步行)。希望以后能有更多的高技术医生在社区服务，一方面多派专家到社区，一方面培养一批不走的专家。自己会在为年轻医生做好传帮带、教技术的同时，教沟通技巧，教职业道德。

2009年9月，被武汉市卫生局、武汉市文明办、武汉市总工会授予武汉市首届"我心目中的好医生"荣誉称号；

2009年12月，被武汉市卫生局授予"武汉市优秀社区医生"荣誉称号；

2009年12月，被中共武汉市汉口医院委员会授予"医德模范"荣誉称号；

顾医之难也，非读书识字则不能医，非格物穷理则不能医，非通权达变更不能医。

——唐容川

2010 年 1 月，被中华人民共和国卫生部、国家食品药品监督管理局、国家中医药管理局授予"全国医药卫生系统先进个人"荣誉称号；

2010 年 1 月，被武汉市总工会授予"武汉市五一劳动奖章"荣誉称号；

2010 年 1 月，被武汉市妇女联合会授予"武汉市三八红旗手标兵"荣誉称号；

2010 年 1 月，被中共武汉市委宣传部、武汉市文明办、武汉市总工会、共青团武汉市委、武汉市妇女联合会授予"武汉市道德模范"荣誉称号；

2010 年 1 月，被武汉市人民政府授予"武汉市劳动模范"荣誉称号；

2010 年 1 月，被湖北省卫生厅授予"人民好医生"荣誉称号；

2010 年 1 月，被湖北省妇女联合会授予"湖北省三八红旗手"荣誉称号；

2010 年 1 月，被湖北省总工会授予"湖北省五一劳动奖章"荣誉称号；

2010 年 1 月，被湖北省人民政府授予"湖北省劳动模范"荣誉称号；

2010 年 1 月，被武汉市卫生局授予"武汉市 2009 年度优秀社区家庭医生"荣誉称号；

2010 年 2 月，被中共湖北省委宣传部、湖北省妇女联合会授予"湖北省十大女杰"荣誉称号；

2010 年 3 月，被武汉市妇女联合会授予"武汉市十佳女医务工作者"荣誉称号；

2010 年 4 月，被国务院授予"全国先进工作者"荣誉称号；

2010 年 6 月，被中共武汉市委员会授予"武汉市优秀共产党员"荣誉称号。

医是讲学不是市道，故商贾贸迁之术无一书之传，而医家言则汗牛充栋。

——陆九芝

第二章　王争艳先进事迹

王争艳从医 26 年来，在她和患者长时间保持和谐医患关系的背后，她以其一件件平凡的小事，展现出了作为一名医生应有的仁爱之心和人性的光辉。广大患者也通过王争艳 26 年的先进事迹，认识了王争艳，把她视为亲人，视为偶像，进而在 2009 年将退休的她推选为武汉市首届"我心目中的好医生"。

两毛钱的处方

在这个物价高涨的时代，如果你问别人，两毛钱能干什么？他有可能会告诉你，什么也买不了。但在王争艳那里，两毛钱却可以用来救死扶伤！这令许多人都无法相信，区区两毛钱何以能承载这一神圣职责。于是，诸多媒体便将这"两毛钱处方"称之为一个"美丽的传说"。但王争艳却正是用"两毛钱处方"诠释了作为一名医生该如何处理"医德"和"医术"之间的关系，只有拥有了崇高的医德和精湛的医术的人，才能开出"两毛钱处方"。

49 岁的俞女士，因一次患急性肠胃炎，有幸成为了"两毛钱处方"的受益者。

业医者，活人之心不可无，而自私之心不可有。　　——刘昉

几年前，有一天上午，俞女士正在单位上班，不知道是不是因为早餐的时候吃的食物不合适，自从早上进办公室后，她就感到胃部不适，仿佛有股不知从何处生成的力量一阵又一阵地挤压着她的胃部，让她感到十分难受。就在她不断地喝水想缓解一下痛感时，胃部的阵痛加剧，且阵痛的频率加快。突然，她感觉到胃部有什么东西在翻滚，然后直往上涌，随时就会从嘴里喷涌而出。她立刻从电脑桌前站了起来，一只手捂着胃部，另一只手拿起桌上的水杯急忙喝了一口水，想将那不断上涌的东西压下去，结果却是连同刚喝下去的水都一起吐了出来。她急忙朝卫生间跑去，呕吐了好一阵子才缓过来。办公室同事看她呕吐得脸都发青了，建议她赶紧到附近的医院去看看。

　　在离她单位最近的汉口医院江岸门诊部，她结识了王争艳。就是那一次就诊，让她看到了作为一名医生是如何闪现着人性的光辉，是如何为病人着想的。这也是她拿到过的价格最低的处方——两毛多钱的处方！

　　那天，俞女士急匆匆地来到江岸门诊部，当时正是王争艳接诊。人还没有坐稳，就气喘吁吁地对王争艳说道："医生，我好像病得不轻，胃部特别不舒服，麻烦您赶快给我检查一下看是什么情况？"

　　王争艳听后赶紧为俞女士做了体格检查。过了好一阵子，王争艳得出了诊断结论。俞女士的心紧张得噗噗跳个不停，生怕得了什么不治之症。她赶忙问医生："要紧吗？这次我感觉好严重，都呕吐出黄胆汁出来了。"

　　王争艳收起仪器重新回到座位上，安慰着俞女士："不要紧的，是急性胃炎。"

　　听到医生"不要紧"这三个字后，俞女士总算是缓了一口气。但还是有些担忧，在她的印象里，胃炎应该是一种很严重的病，更何况还是急性的胃炎，赶忙问道："哦，王医生，估计要吃好几个疗程的药吧。会不会花很多钱啊？我这次来得匆忙没有带多少钱。"

勤求古训, 博采众方。

——张仲景

俞女士又担心着自己带的钱不够。

王争艳拿起了笔，说道："我马上给你写个处方，你一看就知道了。"

俞女士还是有些忐忑不安地从王争艳手里接过处方，上面写着："2毫升胃复安一支，立即肌肉注射。"

"王医生，只开了一种药啊！这能缓解吗？"俞女士看到处方，虽不大担心钱的事情了，但疑惑的是怎么跟以前生病去医院开的处方不一样，以往总是会开好几种药的，有药片的，也有口服液的。

"呵呵，那你先去把药拿回来我再详细给你解释解释。"王争艳笑着说道。

俞女士拿着处方单子去交费处交费，"一共是两毛七分钱！"收费处的工作人员在窗子里说道。

"什么？你说多少？"俞女士不敢相信自己的耳朵。

收钱的工作人员又重复了一次："胃复安一支，交两毛七分钱。"

这让曾多次去医院的俞女士非常惊讶，这怎么可能？她去过那么多医院，每次最少也是好几十元，还从来没有听说过谁看病只用花几毛钱医药费的。

"一定是搞错了，我这胃炎这么严重，肯定是医生开错了药，看病吃药这事可不是闹着玩的，我得再去核实一下。对不起啊。"俞女士赶紧拿着单子跑回去找王争艳。

"王医生，这药才两毛多钱啊？是怎么回事？"俞女士这一问自己都觉得好笑起来。这药费贵了吧，心里会有些不舒服，会想着怎么会这么贵，药费便宜了吧，同样还是觉得像是出了点什么问题似的，有些不放心了。

王争艳接过单子看了看，肯定地说："没有错的，就是这个药。"

"可王医生你是知道的，现在连上医院看个感冒怎么都得好几十块呢，而我这次胃炎比以前更严重，今天都呕吐啦，这两毛多钱怎么可能止得住呢？这可不像一点小外伤，贴张两毛钱的创可贴就

至重惟人命，最难确是医。　　　　　　　　——龚信

行的啊？"俞女士是怎么也无法相信这两毛钱的药的效果。

王争艳一看这俞女士的神情，赶紧解释："我也是根据你的病情和你的经济情况综合考虑的。今天我给你开的这个药，叫胃复安，主要作用是缓解恶心、呕吐等症状。而目前你最需要的就是止吐了。要想彻底治疗你的胃炎，还需要一些食疗，比如多吃养胃的东西，不要吃刺激性的食物。你放心好了，这个药的功能性很好的。治疗你这次的呕吐是没有问题的。"

"哦，那就好，可这个药性好的话，价格怎么会这么便宜呢？"俞女士还是想弄个明白。

"至于价格嘛，它确实是在各种止吐药品里最便宜的，现在很多医院通常用的是吗丁啉，一般是 25 元左右一盒，再贵一点的针剂比如格拉司琼就要 100 元左右一支了。其实疗效都差不多，所以我给你开了价格最低的。你别看胃复安这个药便宜，效果是很好的。你就放心去打针吧。"

"嗯，好的。那我去试试看。"俞女士听完王争艳的解释后，还是有些半信半疑。但心里却开始有些莫名的感动。

结果证明她的担心是多余的，正如王争艳说的那样，药性很好，打完针的当天就没有了恶心的感觉，觉得心里畅快多了。在俞女士的心里，这真的就像一个奇迹一般，两毛钱的药达到的效果竟然跟一百多元的差不多！后来，她才明白这全在于医生的取舍，而她通过以往的看病经历就知道，在同等疗效的基础上价格却不等，而要选择开最便宜的药，这对于一个医生来说会有多难。

后来，俞女士专程赶到王争艳工作的门诊去感谢她，她需要去向王争艳说声"谢谢"才感到心安。

"王医生，您真是个好医生啊！您要是随便给我开个几十、几百块的药我也是会掏钱买了，现在像您这样的好医生真是难得，我真的是非常感谢您！"

王争艳听后淡淡一笑道："别客气，这个本来就是我们做医生

医学是一门以心灵温暖心灵的科学。 ——吴孟超

的本分。"平淡的一句话，让俞女士感慨良久。

俞女士的胃病在王争艳的治疗和调理下慢慢好了，现在只要她一生病就去会找王争艳看，有什么健康方面的问题她都会咨询王争艳，而王争艳总是会耐心给她解答，提醒她多注意调养身体。

一次平常的看病经历，让俞女士看到了一位医生那颗纯洁的心。两毛钱的背后，闪现的却是人性的光辉。

贵一点的药我下不了手

王争艳有一个行医准则——因病施治！用她的话说是花最少的钱看好病。每当有人问她为什么会开如此便宜的处方时，她总是轻描淡写地说道："能开便宜药的情况下，开贵一点的药，我下不了手。"她的慈悲之心、仁爱之心、良善之心，让她不忍心给病人在能开便宜药的情况下却开贵药。26年来，这已经成为了王争艳的一种习惯。她的处方，就像海绵里的水，越挤越干，而信任她的病人却越来越多。

王大爷是家住长湖二村的一位退休工人，今年62岁了。跟大多数六七十岁的老人一样，这本该是他享福的年龄，却被慢性疾病缠身，他患有高血压、脑梗塞和心脏病。这三种病就像三座大山压在他的头上，压得他的晚年生活有些喘不过气来。

不过从去年开始，王大爷的生活开始变得轻松起来。"这一切都得感谢王医生，如果多一些王争艳这样的医生，该有多好啊。"对王争艳他有些相见恨晚，时常感慨自己为什么不早点遇上这样的好医生。

我永远尊敬我的老师，因为他们不仅教我医术，而且教我如何做人。

——韦加宁

是什么原因让王大爷有这样的感慨呢？原来自从王大爷得上这些慢性疾病后，每个月都不得不花很大一笔医药费。他每月的退休工资是 1400 元，武汉某一医院曾给他开的药平均每月在 800 元左右，而王争艳开的药平均每月只需 87 元。前后的巨大差别让他无比感慨。这也让他想起了没有遇到王争艳之前的那段艰难的就诊史。

记得有一次，王大爷的病发作了，他来到一家较为大型的医院就诊。为了能减轻病情，他刻意挂了专家门诊，那位专家在快速的检查完毕后对他说："这是个常见病，把血压控制在 140/90mmHg 以下就没事了。这次给你开点降血压的药就可以了。"边说边飞速地在处方纸上写着。

医生又问道："你以前吃的一般是什么样的降压药？"

王大爷大致说了下以前的情况，只见医生在快速地写着，然后抬起头来，"给你开三个疗程的，这样会好得彻底些。"

"啊，那能不能先开三天的药试试？如果不见效再来买。"根据以往的经验，王大爷知道疗程一多又会是一笔不菲的药费。

"好吧，先给你开 8 片药，最好是吃三个疗程效果较为明显。"医生望着他建议道。

"还是先吃一个疗程看看吧。"王大爷摸着自己早已干瘪的荷包说道。

王大爷拿着医生开的处方到划价处去划价，工作人员告诉他："80 元的药费。"

王大爷站在玻璃窗口外，以为是叫的别人。

工作人员再次重复了一遍，他才意识到是自己。

"什么？不是一个疗程的吗？怎么会这么贵？"王大爷感到有些吃惊。

"这是一种进口药，当然比国产的药贵些。"工作人员有些不耐烦地说道。

"那等一等，我去问问医生。"说完王大爷又跑回到那位医生那里。

能用一种药治好的病绝不用两种。

——侯凡凡

"医生，这个药怎么比我以前吃的药贵一些。"

"哦，这个是进口的，价格肯定比国产的要贵一些。"医生头也不抬地说着。

"可是，这一个月下来不就800多元，这也太贵了吧！"

"你不是说以前吃的那些药作用不太明显吗？所以我就只好开进口药了。"医生解释道。

他有些犹豫了，买吧，每个月这药费算下来占了他那退休金将近的一半多，买了药就没有办法生活了。不买吧，他又想起了这段时间里各种病痛带给他的痛苦。

王大爷在医院的走廊里站着想了半天，还是迈着沉重的脚步向医院交费处走去。

可是，回家吃完药后，他发现自己的血压还是没有降下来，也可能是疗程太短的缘故。是继续去买这个药呢，还是另外找家医院开药？他知道，对于这样的慢性病来说，不是一下子就能好彻底的，药贵了长期吃下去怎么受得了，"这样下去，我将来可能不是死于病，而是死于钱！"他思前想后，不知如何是好。

一次跟一个老朋友在一起吃饭，王大爷谈到了自己最近的苦恼。朋友听后说道："你怎么不去找王争艳呢，这样的病在她那里看不会很贵的。"

王大爷听后不以为然，"医生我是见多了，还不是差不多啊。"

"这个你就不太明白了，她是金桥社区卫生服务中心的社区医生，是不会开很贵的药的，不然就不是社区医生了。我身边好多朋友都是找她看病的，大家都知道她开的药便宜。"

"是吗？"王大爷有些不敢相信，但似乎又看到了一线光亮。

"怎么，你不相信我啊，我这可是为你好啊！抽个空去找她开点药试试看。"

在朋友的积极推荐下，王大爷骑了一个多小时的自行车专程找到了王争艳。

惠泽病家，为善最乐。　　　　　　　　　　　　　　——陈可冀

王大爷开门见山地说道:"王医生,他们都说你这里的药便宜,我今天就是专门来你这里给我开便宜处方的。"

王争艳听后笑了笑,尽管王大爷说都是老毛病,不需要检查了,但王争艳还是习惯性地从头到脚给他做了全身检查。然后拿起笔和纸问道:"家里还有其他的药吗?我看哪些药可以少开,免得给你开重复了。"

王争艳这一句话刚一出口,王大爷在那一瞬间就感到这位医生确实是"与众不同"。一股暖意涌上心头。

接着,王大爷又发现一个"奇怪"的现象:王争艳在写药方的时候,总是写了又划,划了又写上。觉得好奇,"王医生,怎么?这个药不好?"

"不是,我在比较同等药性的药还有没有比这更便宜的。"王争艳便拉开抽屉,查看起药物资料来。

对比分析了半天,决定写下另一个要便宜得多的药名。

然后又拿出计算器计算起来。这让王大爷觉得更奇怪了,医生检查病都想的是病情和药方问题,还需要计算器来干什么呢?

"我帮你算算看每个月大概要花多少钱,不然就像你刚才说的,药贵了吃不消。"

为了这张药方,王争艳整整忙活了40多分钟。"一共是87元。"

"这是一个疗程?"王大爷问道。

"不是,是一个月的药费。"

"啊,这不可能吧,怎么比以前的少这么多。"王大爷拿着处方感到很不可思议。

"我给你开的都是最便宜的药嘛。这样加起来就很少了,但配合着吃,效果跟价格较贵的药是差不多的。"

"啊,王医生,我真还是第一次遇到你这样的医生啊。可你为

凡大医治病,必当安神定志,无欲无求,先发大慈恻隐之心,誓愿普救含灵之苦。
——孙思邈

什么不给开贵药呢？"

"能开便宜药却开贵的，我下不了手！"王争艳轻描淡写地说道。

王争艳这句轻描淡写的话，却强烈地震撼着王大爷的心。

半个月过后，王大爷去找王争艳复查，发现血压和血脂都控制到了正常范围内。他问王争艳："你为什么能用这么少的钱就看好我的病？"

王争艳笑笑："一些可开可不开的药我就减了，一些贵的药我找了便宜的替代品。"

王争艳总说，让病人花少钱就能看好病，她就有一种说不出的满足感。而王大爷一想到王争艳的这种行为就肃然起敬。

小处方里藏大爱

对王争艳而言，她在开处方的时候，时刻想着的是病人的病情，她开出的处方，其药费总会是尽可能的少。于是，老百姓便将她开的处方，称为"小处方"，并亲切地称她为"小处方医生"。在这小小的处方里，隐藏着的却是她对病人最真挚的爱。

说起小处方医生王争艳的好，李太婆是最深有感触的。

60多岁的李太婆家住汉口二七路。多年前，李太婆患上了严重的肺结核。那个时候的她面色苍白、身体消瘦，风一吹就会咳嗽不止，连爬楼梯都没有力气。由于当时国家还没有出台为肺结核病人提供免费治疗的相关政策，因此一切费用都得由李太婆自己来承担。

李太婆的老伴很多年前就去世了，家中里里外外就她一个人扛着。而她所在的工厂由于效益不好，面临倒闭，无法给职工发放工

善为医者，行欲方而智欲圆，心欲小而胆欲大。　　——孙思邈

资，因此李太婆一家人的基本生活都成问题。现在她又得了肺结核，生活变得更加艰难起来。

由于李太婆的工厂无法给职工办医保，而她自己根本就没有足够的钱来治病。无奈之下，她找到了工厂医院的领导寻求帮助。工厂医院了解了她的情况后，为她减免了部分医药费。但工厂医院能提供的治疗手段极其有限，而李太婆的经济能力又难以承受去大医院看病买药。因此她只得断断续续地使用一些工厂医院给开的便宜药物。

然而，李太婆的病情由于长期得不到及时有效的控制，病情越来越严重，她开始大量咯血，咳嗽的时候还伴有剧烈胸痛，有时候会感到呼吸困难。随着病情一天天的加重，李太婆心里也明白，再这样下去，或许肺结核的病情会进一步恶化，给治疗带来困难。

就在李太婆被病痛折磨得几近绝望之时，偶然从朋友那里听说了王争艳医生的故事，她不但医术高，而且开的处方还很便宜，已经挽救了许多像她一样经济条件比较差的病人。这下子让李太婆心里忽然闪过了一丝光亮，怀着对生的强烈渴望，她像抓救命稻草一样抓住了这个信息。她决定第二天就去找王争艳看病。于是，急忙从朋友那里要来了王争艳工作的详细地址。

李太婆说，过了这么多年了，王争艳医生当时接待她的情形至今还历历在目。

那天，王争艳穿着白大褂，带着一副眼镜，坐在桌子边。看到她佝偻着背，咳嗽着一步一步走进来，王争艳赶紧站起来为她拉过椅子。

"来，您老人家坐！您哪里不舒服啊？"王争艳温和地问她。

"王医生，我可是费了好大的精力才找到你的，希望你能帮帮我……"李太婆见到王争艳的那一刻，显得特别激动。

"您老人家莫急，慢慢说。"王争艳急忙说道。

"这次来找你，一是请你帮我看看这病情到底发展到什么程度

我愿尽余之能力与判断力所及。遵守为病家谋利益之信条，并检束一切堕落和害人行为。
　　　　　　　　　　　　　　　　　　　　——希波克拉底

了，二是想请你帮我想想办法，我现在的情况是……没有钱来治疗这病了……"李太婆话还未说完眼眶就红了。

王争艳赶忙走上前去安抚她。"好了好了，这个我知道的，没钱也有没钱的治法。"

"可王医生你是知道的，现在的药费贵，我哪里吃得起啊。这病本来就不好医治，可不吃药吧，只会越来越严重。我的命怎么这么苦呢，这种日子再拖下去，还不如早点随老伴去了……"李太婆说着说着眼泪又流了出来。

王争艳赶紧安慰她："莫灰心，人吃五谷杂粮，哪个会一辈子不生病啊，再说这也不是治不好的病，有了病就要好好治，医药费咱一起想办法，慢慢来，您一定会好起来的！"

"可我现在的处境……"李太婆还想说下去，却被王争艳劝住了。

"这你就放心好了，等会我在处方上帮你斟酌斟酌。来，先帮你检查检查病情吧。"王争艳边说边起身拿着听诊器开始做检查。

在王争艳的安抚下，李太婆的情绪才慢慢平复下来了。王争艳很是同情李太婆的境遇，也理解她一个人拖着一大家子人过日子的不易，她决心要想办法治好这个病人，让这个老人好好生活下去。

通过一系列详尽的检查发现，李太婆的肺结核病症很明显，由于拖延时间过长，肺部已经有较多的病灶，甚至还有了空洞。同时，小血管也受到一定程度的损伤。王争艳拿着检查结果，寻思着开什么样的药方既可以节省药费，也可以使越来越重的病情得到及时遏制。

于是，又问道："家里还有没有什么可以用的药？"这是王争艳看病的一贯方式，诊断完了，就会问问患者家里有没有相关的药品或者是否在别的医院就诊时开过的一些药，再根据自己的经验帮患者分析这些药是否适合。如果这些药已经对症，就不开处方。这样患者就可以少花些冤枉钱买药了。

开这样的处方，似乎是在做一道颇费脑细胞的排列组合题。王争艳结合之前工厂医院给李太婆的开药情况，将能达到最佳治疗方

今之明医，心存仁义。

——龚信

案的药方写了四五个，然后在各个药方之间进行对比分析，在价格与药性之间进行优化组合，以期能得出一个高性价比的处方。开出这样的一份药方，王争艳足足花了半个多小时的时间，同时，她还专门给李太婆开了一份无需额外花钱的食疗处方。这样双管齐下，才能达到预期的治疗效果。

李太婆拿到王争艳给她所开处方的划价单时，大吃了一惊："不对吧，王医生，这是一个疗程的药费还是一天的药费？怎么会这么少？"

王争艳笑着说："当然是一个疗程的啊。怎么，药费高了你承受不了，药费低了你也承受不起吗？"

"不是，王医生，这太让我感到意外了。如果是按现在这个价格，我还是可以承受的。但王医生，怎么会这么便宜？"李太婆盯着单子还有些不敢相信上面写的价格。

"这个我也是斟酌了半天的。我专门挑选了医院里比较便宜的有针对性的药，再搭配着你家里现有的药物使用，这样费用就很少了。同时这里面还有个别药需要你去药店买，很便宜的，只要几毛钱，比医院的同等疗效的药要便宜很多。这我要特别告诉你一下。"王争艳一一交代着。边说着边拿出那份食疗处方一并交给李太婆。

"这个食疗方子可以辅助治疗，只要你平时做饭的时候多注意一下，也是可以有效改善病情的，比如这雪梨菠菜根汤、胡萝卜蜂蜜汤等都是些家常的东西，上面还有很多，你回去好好研究一下。"

"王医生，这太让你费心了。你真的太细心了……"李太婆拿着这两个单子激动得都有些语无伦次了。也就在此刻，她背负了很长时间的心理包袱突然间放下了。这两份饱含王争艳浓浓爱意的单子为她重新又点燃起了希望。

按照王争艳的治疗方案，李太婆的肺结核开始出现明显的好转，渐渐的，咳嗽的次数减少了，胸痛不再明显了，发热的症状也开始消失。一个半月过去了，李太婆的肺结核症状基本得到了控制。为

医虽小道，实具甚深三昧。须收摄心体，涵泳性灵，动中习存，忙中习定。外则四体常和，内则元神常寂。然后望色闻声，问病切脉，自然得其精，而施治得宜也。
——王绍隆

王争艳心语

　　其实，是否清贫不重要；最重要的，我是快乐满足的。

了确诊，李太婆来到门诊再次找到王争艳。王争艳这次见到的李太婆分明像是换了一个人，与上一次来医院时那咳咳吐吐、憔悴不堪的神情相比，整个人都变得精神焕发。她爽朗的笑声也感染了王争艳。作为一名医生，王争艳那种成就感和喜悦感无以言表。

　　"刚才我看了一下你的各项检查结果，我要告诉你的是，现在你的结核症状控制得很好，再好好调理一段时间就可以康复了。"王争艳似乎比李太婆还高兴。

　　"太谢谢王医生了，要是没有你，我这病都不知道会拖成什么样了……"

　　"好了，过去的就不要说了。你现在好了我也放心了。"王争艳赶快接过话。

　　"王医生，我都不知道用什么来感谢你。"李太婆紧紧地握着王争艳的手，她有好多感激的话想说，但一下子又说不出来了。

　　"你好好照顾你的身体就是对我的感谢，虽然这话有些酸，呵呵，但却是大实话，这样我就很满足了。"王争艳说道。

　　那一次，走的时候，李太婆坚持要给王争艳复查费，却被王争艳拒绝了。李太婆的生活重新开始变得五彩斑斓，而这一切，都是王争艳带给她的。

　　2009年8月底，当李太婆听说武汉市要评选首届"我心目中的好医生"时，她激动了好一阵，终于有机会让更多的人知道王争艳了。武汉的夏天可谓是名副其实的"火炉"，阳光毒辣辣地炙烤着大地，空气里没有一丝风，李太婆顶着大太阳，感觉那阳光像火舌一样在舔噬着她的全身。尽管如此，她内心的热情却丝毫没有减弱，她只想尽快地找到武汉市卫生局负责此事的领导，将王争艳的事迹告诉他们。费了很大的力气总算是找到了相关领导。她告诉他们：

　　凡作医师，宜先虚怀，灵知空洞，本无一物；苟执我见，便与物对；我见坚固，势必轻人，我是人非，与境角立，一灵空窍，动为所塞，虽日亲近人，终不获益，白首故吾，良可悲矣。
　　　　　　　　　　　　　　　　　　　　　　——缪希雍

"王争艳这样的医生实在太难得了！我既没钱，也不会说好听的，我就想让更多的人知道，她是个好人，更是个好医生。"

想法子为病人省钱

当问及王争艳在她的从医生涯中最欣慰的事情是什么的时候，她不假思索地回答道："让病人花最少的钱达到最佳的治疗效果。"她说每每那时，她就有一种说不出的满足感和成就感。她曾与同事一起专门针对"慢阻肺"病人推行了综合的治疗方法，这可以为患者节省很大一笔费用。她也曾为那些经济条件较为困难的病人想法子省钱。她常说："我们医生也都是有父母、有儿女的普通人，也都有可能生病的，我们应该不让病人花冤枉钱，医生就应该对病人负责任。"这正是她追求的人生价值。

有段时间，王争艳发现，她所在的汉口医院金桥社区卫生服务中心里突然多了些"慢阻肺"患者。这引起了她的格外关注。可能是冬季到了的缘故，在接连的好几天里，前来就诊的老年病人中，绝大多数都患有"慢阻肺"。"慢阻肺"是慢性阻塞性肺疾病的简称，是一种破坏性的肺部疾病。常说的慢性支气管炎和肺气肿，大部分属于"慢阻肺"。

"慢阻肺"的主要特点是气道的慢性炎症以及进行性气道阻塞。"慢阻肺"是全身性疾病，不仅会对人体肺功能造成损害，更会严重影响患者的全身免疫系统和抵抗力。除了气促外，消瘦、营养不良、抵抗力弱也是慢性阻塞性肺病的主要表现。"慢阻肺"的危险性就在于起病隐匿，由于肺病的代偿能力强，发病早期症状不明显，

医，故神圣之业，非后世读书未成，生计未就，择术而居之具也。是必慧有夙因，念有专习，穷致天人之理，精思竭虑于古今之书，而后可言医。

——裴一中

很多人没有任何不适感觉，不容易引起病人和医生的注意，漏诊现象时有发生，当患者发现气促、呼吸困难等症状时多数已到中晚期。因此对于治疗该病急性发作期患者，一般医院都会建议患者住院治疗。

但王争艳发现，"慢阻肺"患者即便住院治疗也只能是起到缓解作用，很难彻底痊愈。一个冬季下来，如果病情严重，一次住院治疗就需要二十多天；要是反复发作，就得住上几次医院。这不仅给病人带来了极大的痛苦，也给患者家人带来了一定的经济压力，尤其是那些经济条件较为困难的家庭。

那段日子，这个问题整日萦绕在王争艳的心头。有没有其他更好的治疗方式可以为患者缩短疗程、节约治疗费用？有一天中午，趁办公室同事都在休息的时候，她将这个想法告诉了大伙儿。

"你们觉得这个病能否采取综合的治疗方法，减少治疗费用？"王争艳提出自己的想法。

"减少治疗费用？好呀……"一个同事立即应声道。

"目前还不太清楚这类病人的一些具体情况，我们是需要想想办法了。"王争艳开始思索着怎么解决好这个问题。

"这样吧，我们先到附近的社区去调查调查情况，根据调查结果再来分析吧。"一个同事提议道。

"嗯，好的，没有调查就没有发言权。现在看谁愿意去做这份调查。"王争艳推了推眼镜望着大家。

"王主任，需要您看病的人那么多，您就不可能去了，那我们去吧。"几个年轻的医生主动请缨道。

"我也去！"

"算上我一个吧！"

同事们纷纷举手。

"好的，那就麻烦你们几个了。这件事情就这么定了。"王争艳从座位上站了起来，结束了这次会议。

欲济世而习医则是，欲谋利而习医则非。　　——王肯堂

当同事们将调查分析报告递给王争艳的时候，报告里面的情况还着实让她吃了一惊。调查结果显示，患"慢阻肺"的人年纪均偏大，基本上都是已退休的老人；家庭经济条件都不太好，有些人没有钱就只能拖着，拖到病重了才到医院去住院治疗，结果是花成倍的钱还是不能治断根；"慢阻肺"易反复发作，一旦发作就需要到医院住院治疗；"慢阻肺"患者伴有其他并发症，给老人们的身体健康带来了很大伤害……看着这些反馈回来的信息，王争艳的心头再也无法平静了。针对这类病情的患者，在原来社区卫生服务中心开展单一的口服、静滴等治疗手段的基础上，她需要尽快制订出一种综合治疗方案，给患者解除痛苦。

　　王争艳带领着同事们，通过多次观察发现，对于"慢阻肺"病人采取局部治疗获得的效果最为明显，这种局部治疗方式就是雾化吸入治疗法，其治疗方法就是用雾化的装置将药物（溶液或粉末）分散成微小的雾滴或微粒，使这些药物微粒悬浮于气体中，吸进病人的呼吸道及肺内，能洁净气道，并进行局部治疗，从而达到其治疗效果。

　　通过给好几组"慢阻肺"患者进行雾化吸入治疗，他们发现，患者的病情基本在四五天内便可得到缓解，相比原来的治疗方法，在治疗时间上最少被缩短了一二十天。同时，采用雾化吸入治疗也可以将治疗费用缩减到几百元，这也大大降低了患者的经济压力。

　　有一次，一个"慢阻肺"的老患者再次来到了王争艳工作的门诊。

　　"王医生，我这毛病又犯了，估计这次又要住院吧。"

　　王争艳一听，正好可以让患者试试雾化吸入治疗。

　　"这次你可以不用住院啦。"王争艳看着检查结果说道。

　　"咦，真的？这是为什么呢？以前不都是要住院才行吗？"患者有些不敢相信。

　　"这次我不建议你住院治疗，只要配合药物治疗，保持室内空

夫以利济存心，则其学业必能日造乎高明，若仅为衣食计，则其知识自必终囿于庸俗。
　　　　　　　　　　　　　　　　　　　　——叶天士

第二章　王争艳先进事迹

23

气质量，增强自己身体的抵抗力，一样可以治好你的病。"

"这个是我们社区卫生服务中心专门为这个病增加的一种治疗方式，比以前单用打点滴吃药的方法便宜多了，而且治疗时间也缩短了。"王争艳接着说道。

"那太好了，王医生，我是住院住怕了啊。"患者激动地接受了雾化吸入治疗。

那位患者在经过五天的治疗后病就好了，这让他喜出望外。他赶紧将这一结果告诉身边的病友们。通过社区患者们的相互传递，越来越多的病人知道了这一疗法，他们都纷纷上王争艳工作的门诊主动接受治疗，而不是像以前那样拖延到实在不行了才会上医院，这就使得病情能及时得到控制。自此以后，王争艳工作的门诊门庭若市。她和同事的这种时时为病人着想的行为使患者们深受感动，于是在金桥社区有更多的人和王争艳医生成了朋友，他们时常推荐邻居、亲友到她的医院看病。

在王争艳的从医生涯中，她经常为那些经济条件较差的病人省药钱，岳婆婆便是受助于王争艳的其中一位。

岳婆婆今年已经 70 岁了，自从十几年前退休后，岳婆婆就闲下来了。"没事我经常跟老姐妹们一起聚一聚，晚上一起跳跳舞啊，或者跟老伴散散步啊，那时候身体一直还算硬朗，每天都挺开心的。"岳婆婆说。

如果这样下去，她晚年的日子也算过得安逸。然而，这一切很快就被一场突如其来的疾病中断了。可以说这场病彻底颠覆了岳婆婆家平静的生活。

那是 2008 年 10 月的一天，武汉秋燥刚刚结束，正是一年中秋高气爽的时节，空气中飘荡着沁人心脾的桂花香，让人感到神清气爽。

在这样舒适的天气里，岳婆婆拉着老伴的手，来到了附近公园散步。走走停停，逛了一会，感到有些累了，他俩便在长椅上坐下

今之医者，或记丑而不精审脉，或审脉而不善于处方，或泥古而不化，或师心而自用，或临证不多，或狃于偏见，不能已疾而转以益疾，又乌可以言医哉？
　　　　　　　　　　　　　　　　　　　　——叶天士

来休息。

老伴突然想到了晚餐的事情，"喂，我们是不是该回去了，顺便到附近的菜场买点菜吧？"

岳婆婆没有回答。

"我说老太婆，你是不是睡着了？"老伴轻轻推了一下岳婆婆，却使她差点摔到地上。

老伴这才发现不对劲，转过身一看，岳婆婆脸色发青，两只手紧紧握着，摸一摸手冰凉冰凉的，看起来整个人已经没有什么知觉了。

老伴吓坏了，心里倏地紧张起来，着急地问道："你怎么了？老伴你醒醒啊，你别吓我啊！"

过了好一会，岳婆婆才稍微有一点反应，她口齿不清地说："我这一边的身体使不上力气，感觉这半个身子麻木了，不能动弹。而且我还感到头晕、眼花。"

"我知道了，你别着急，你坚持一会儿啊，我马上送你去医院。"老伴急忙打电话找人帮忙把岳婆婆紧急送到了王争艳所在的汉口医院汉口门诊部。

王争艳接诊了他们，她告诉岳婆婆老伴，岳婆婆这次是严重中风，生命垂危，需紧急治疗，并告诉他赶紧回家准备好住院用的东西。

老伴回家将省吃俭用节省下的全部积蓄都带上了。但他一直担心着，他也知道，中风这病不是一下子能彻底好得了的，这点积蓄治疗岳婆婆的病怕也是杯水车薪吧。人还没有开始住院，就开始为治疗费焦急起来。

岳婆婆在王争艳等医生的救治下，病情得到及时的控制。就在岳婆婆病情刚刚好转的时候，岳婆婆与老伴就向管床医生提出要出院。

王争艳得知情况后急忙找到岳婆婆夫妇，有些不解地问道，"岳婆婆病情才刚稳定下来，还需要观察几天，看看后期的反应怎么样，您别急，等病情稳定了再出院。"

良医处世，不矜名，不计利，此其立德也；挽回造化，立起沉疴，此其立功也；阐发蕴奥，聿著方书，此其立言也。一艺而三善咸备，医道之有关于世，岂不重且大耶？
——叶天士

第二章　王争艳先进事迹

因为王争艳知道，老人中风一旦不注意，就会有生命危险，弄不好就落下个半身不遂，瘫痪在床。尤其是这个"急性期"，更要小心观察病情，随时调整治疗方案。

"可王医生，我们何尝不想治疗呢？但我们家经济条件比较困难，这次我基本是把所有的钱都带来了啊，这一住下去还不知道得要住多长时间……"老伴不断地叹着气。

遇到过太多这样的情况，王争艳一下子就明白了。她想了想，劝慰道："您别着急，我想想办法，一旦能出院了我就通知你们，到时候我给你们开些较为便宜的药回家治疗也行。"

王争艳这样一说，岳婆婆老伴才放下心来安心为岳婆婆治疗。

一个星期后，岳婆婆勉强可以出院了，他们便再次要求出院。王争艳只得开了些能稳定病情的便宜药的处方，再三叮嘱他们，有什么后遗症或并发症，要及时来医院治疗。

中风确实易发并发症。后来岳婆婆和老伴又多次找到王争艳救治，每次治疗的费用都只有五六十元，这基本在老两口能承受的范围内。但是后来岳婆婆和老伴为了便利，他们找了一家离家很近的位于一条偏僻巷子里的私人诊所看病。可让他们非常吃惊的是，私人诊所救治费一次下来得要二三百块钱，比王争艳开的处方贵五六倍。

有一次冬天的夜里，下着很大的雨，岳婆婆突然又感到呼吸有些困难，老伴急忙送她到附近的私人诊所，冒着寒风大雨去诊所打吊针。脚下全是水，一路上还差点摔了好几个跟头才赶到那诊所。

"打吊针还要再交五块钱。"诊所的医生没好气地说，可能是这恶劣的天气让这位医生情绪也不好。

"怎么还要加五块钱呢？我的药都是在你们这里开的啊。"岳婆婆觉得很奇怪。

医生生硬回答她："这是打吊针的手续费！"

为了及时缓解病情，最后他们只得又交了五块钱去打针。

由于年纪较大，岳婆婆的血管不是太明显，加上长期打吊针，

生民何辜，不死于病而死于医，是有医不若无医也，学医不精，不若不学医也。
——吴瑭

她的手臂已经很不好下针了。医生抓着她的手臂摆弄了好久也没有把握扎针。

于是他不耐烦地说："你这个针我打不了，你去别的地方打吧。"

岳婆婆很生气，也很伤心，自己年纪大了本来腿脚就不利索，和老伴冒着大雨踩着泥泞来这里看病，本来是求得个方便，却遭到这样拒绝。

有了这次痛心的看病经历后，他们后来觉得还是找王争艳看病舒心些。哪怕是再辛苦，他们也愿意。

很多情况下，王争艳在给他们开处方的时候总是算了又算，把药费尽量控制在 50～60 元之间。而看完病后，也总会耐心地告诉他们，哪些药要怎么搭配最有效，这样就可以节省不少钱。王争艳再忙也会拉着岳婆婆的手告诉她，平时生活中一定要注意消除中风的诱发因素，要避免情绪波动、过度疲劳、用力过猛等，要保持精神愉快，做到生活规律，劳逸结合。王争艳鼓励岳婆婆有时间去适度参加一些体育锻炼和体力活动，以缓解精神紧张和疲劳。

自从在王争艳这里看病以后，岳婆婆就不愿意再到别处去就诊了。"王医生帮助了我这么多，早就超过了一个医生对病人的职责。这些年来，要不是她，我也是活不到今天啊。"岳婆婆每次提起王争艳，都会泪眼婆娑。

她把病人当亲人

被王争艳医治过的那些病人，都会有一个共同的感觉，那就是他们不会把王争艳当成一个医生，而是把她当成亲人一般。这需要一名医生做出多大的努力，才能建立起这样的情感？也许，作为一

医家有割股之心，安得有轻忽人命者哉？
——程杏轩

名医生，只有对病人怀着亲人般深厚的情感，才能换来病人亲人般的信任与依赖。王争艳将对病人深深的爱融入到医患关系中，因为有爱，在医治病人的过程中，才会倾其所能，以医治好病人为己任。对于这样的医生，我们唯有深怀敬意。

1992 年初春的一天，对于汪先生一家来说，是一个非常黑暗的日子——汪先生得了肝癌！这一噩耗对于全家人来说，犹如晴天霹雳。这一灾难性的消息，使汪先生的家人在那一瞬间似乎都快要崩溃了，而对于汪先生来说，更是有种生命即将走到尽头之感。

汪先生家原本是一个非常幸福的家庭。汪先生经商多年，积累了不少财富，物质生活富足，家庭和睦，其乐融融。就在汪先生为自己奋斗多年所创造的成功而感到满足时，上帝却跟他开了这样一个玩笑。世事无常，有时候上帝他总是在让你得到的同时，也会让你失去一些什么。长时间的劳累，长时间酒桌上的应酬，长时间无节制与无规律的生活方式，使得汪先生的肝脏像台永不停歇高速运转的机器一般，导致零件开始出现故障，汪先生的肝脏开始出现不适。

汪先生忙于生意，很少顾及自己的身体健康。起初，他有时候也感觉到浑身乏力，总是有疲惫之感；一向爱好美食的他也开始变得有些没了胃口。只有妻子注意到汪先生整个人开始变瘦了，但她也没有想那么多，以为是他工作太忙，没有休息好的缘故。直到有一天，汪先生开始感觉到腹部有些微微疼痛，同时，身体开始发烧，他的妻子才开始着急起来。催了多次让汪先生去医院，但他总托辞抽不出时间去做检查。直到有一天，妻子无奈只好帮他推掉了一些工作，亲自督促着他到医院去检查。

汪先生的妻子说，她怎么也不会忘记那一天。那天他们去的时候，天

王争艳心语

　　我们医生也都是有父母、有儿女的普通人，也都有可能会生病的，我们应该不让患者花冤枉钱，医生就应该对患者负责任。

世徒知通三才者为儒，而不知不通三才之理者，更不可言医。医也者，非从经史百家探其源流，则勿能广其识；非参老庄之要，则勿能神其用；非彻三藏真谛，则勿能究其奥。

　　　　　　　　　　　　　　　　　　　　　　　——柯琴

气晴朗，春日的阳光如此柔和，轻柔的春风吹着摇曳的鲜花，她挽着汪先生的手，觉得好幸福，他们似乎好久没有这样单独在一起过了。在这个春意盎然的季节，她怎么也无法将"癌症"这样的字眼跟他们的生活联系在一起。

当汪先生从医院体检中心出来的时候，他的脸色有些凝重，妻子赶忙跑上前去问道："把结果给我看看，没什么事吧？""应该没事吧，但医生说还有几项检查需要过几天才能拿到结果。"不知为何，汪先生妻子有一种莫名的不详的预感。一路上两人都没了来时的兴致。

汪先生的体检结果是他妻子去拿的。当医生告诉她汪先生得了肝癌的时候，她有些站不稳了，她拼命地抓住医生的手说："医生，是不是弄错了，怎么可能呢？"但科学的结果是毋庸置疑的，很快她就接受了这个现实，因为她知道为了相濡以沫的丈夫和这个家，自己现在必须要坚强起来。她耳边里回响着医生的那句话，"这样的事情，最好不要着急告诉病人，如果病人知道自己得了癌症，会产生负面影响，不利于治疗。"她在回家的路上一直在思考着这个问题，她该如何将这一噩耗告诉丈夫。

当天晚上，汪先生下班回家，就急忙问妻子："我的检查结果你今天拿回来了吧？"

"哦，我今天忘记了，过两天去取吧。"她不敢看丈夫的眼睛。

"我不是给你说了让你今天去的吗？因为这两天腹部感觉比以前痛得厉害些了，我就是想知道会不会是脾脏、肝脏出了什么毛病。"

"不会不会，你身体一向都好着呢，怎么会呢？"汪先生妻子语气有些惊慌起来，就在这时，眼泪突然禁不住地流了下来。

汪先生看到妻子那失态的神情，突然间明白了什么，沉默了半响，大声说着："你把结果拿回来了是吗？快给我看看。"

妻子走向前正准备用谎言安慰丈夫，突然，汪先生开始咆哮："我是不是得了癌症，快给我看看！"

以一药遍治众病之谓道，以众药合治一病之谓医。

——纳兰性德

汪先生妻子开始哭出声来，她知道瞒不下去了，只得将已揉得皱巴巴的体检单递给汪先生。

汪先生接过单子一看，双手不由地开始颤动，然后身体重重地跌在沙发上，长时间的沉默，屋子里寂静得可怕。妻子见状，走上前将丈夫搂在怀里，柔声地说道："我现在去收拾一下，明天我们就上医院，医生说发现得早，是可以治好的。"

汪先生不顾妻子，自言自语道："老天为什么要这样折磨我？我到底做错了什么？"

当天晚上，任妻子怎么劝说，汪先生都不愿回房睡觉，一个人呆在书房。甚至将妻子和孩子都赶了出去，将自己一个人反锁在里面，弄得全家人都担忧不已。

全家人都度过了一个无眠之夜。第二天一大早，妻子焦急得敲开了房门，满屋的烟味扑面而来，烟灰缸里塞满了烟头，汪先生似乎在一夜之间苍老了许多。妻子心痛不已，说道："我已经把住院需要的一切东西都收拾好了，今天我们就住到医院去吧，工作上的事情我来处理就行。你现在就安心养病吧。"而汪先生麻木的神情让她感到有些不安，她分明从丈夫的眼神中读到了"绝望"二字。

果然，过了半晌，丈夫才开口："已经是癌症了，还有必要治疗吗？"

妻子听到这话惊愕不已，她突然哭泣道："求求你了，为了我们的孩子，为了这个家，你答应我们去医院好吗？"

汪先生还是不为所动，依然呆滞地望着天花板，对妻子说："算了，我不想连累你们了，听天由命吧！"

汪先生对癌症的绝望，以及对治疗的抗拒，让全家人都陷入悲痛中。妻子劝说无效！汪先生的儿女劝说无效！汪先生的亲朋好友来劝说还是无效！

就在全家人都急得如热锅上的蚂蚁的时候，汪先生妻子的朋友给她介绍了王争艳，她便把所有希望都寄托在王争艳身上，希望她

医之事岂易言哉？非讨论而悉其源，无以施临证之功，非临证而着其效，无以验讨论之力，二者未至，不足言医也。

——张文燮

能说服汪先生。

那天，汪先生妻子按照朋友给的地址，找到王争艳工作的门诊。见到王争艳的时候，汪先生妻子已泣不成声，王争艳赶忙劝说道："有什么事慢慢说吧，没有解决不了的问题。"这时，汪先生妻子便把她来的原委道给了王争艳。

"王医生，我先生得了肝癌，他对病情非常绝望，我们所有人都劝了他，什么法子都使尽了，一个星期了，他还是不愿意去医院治疗。我都担心死了，越拖延时间就越不利于他治疗啊。"

王争艳听后急忙劝慰道："这样的病人我见多了，相信我，我会想办法的。"

"那麻烦您了。"汪先生妻子期待的话语里掺杂着一丝担忧，显然，对王争艳医生的话她心里也没有底。

"你放心，这是常人突然知道自己得了癌症后的正常反应，需要用心理疗法。"王争艳觉察出了汪先生妻子话里的那份担忧。

"心理疗法"四个字让汪先生妻子多日来的焦虑总算是得到了一丝缓解。

王争艳当即就跟着汪先生妻子来到了汪家，她见到汪先生的时候发现果然跟他妻子说的一样，汪先生将自己的内心紧紧封闭着，对所有来访者都不理睬。虽事先有一定的心理准备，但像汪先生这样顽固的，王争艳还是第一次见到。

但汪先生还是非常礼貌地向王争艳说道："王医生你就别费心了，算是你白跑了一趟。"

王争艳边观察汪先生的神情边思考着，估计这段时间汪先生的亲人都是轮番前来和他聊癌症的事情，如果这个时候还是跟汪先生谈癌症，他一定是听不进去的，反而还会使他的抗拒感增强，自然就达不到劝他积极配合治疗的目的了。因此，解决这一问题只能走"曲线救国"的路线。

于是王争艳像老朋友一般，只字不提癌症的事情，而是跟汪先

凡少年人看病，心中必谓天下无死症，如有死者，总由我功夫不到，一遇难处，遂打起精神，与他格算，必须万全而后止。学医者，不可无此种兴会。

——曹仁伯

生攀谈起了他生意上的一些事情，包括他日常的兴趣爱好等。这下，算是引起了汪先生想与王争艳交流、沟通的兴致。

也许是连日来长时间的自我封闭让他有了开口说话的欲望，也可能是王争艳那极富感染力的笑容让他感到很轻松，汪先生和王争艳越谈越投机。一旁的家人看着两人侃侃而谈的局面，都有些疑惑，不过，汪先生脸上那自然流露出的久违的笑容，让弥漫在全家人心头的阴云开始消散，汪先生妻子也知道自己终于找对人了。

慢慢地，汪先生开始打开自己封闭的心扉，王争艳心里也开始有底了，她在找一个合适的话题能将他们的聊天内容引向汪先生的病情。渐渐地她开始聊起自己的工作，聊起发展成熟的、先进的现代医学技术，并有针对性地向汪先生介绍了我国在癌症领域的一些先进的治疗技术。她边聊边观察着汪先生的表情，汪先生一直沉默，没有再说话，但也没有反对王争艳继续讲下去。

于是王争艳趁机开始聊她所治愈过的癌症患者的故事，讲述他们是怎么通过顽强的毅力，利用现代医学技术，配合医生直至完全康复的经历。同时，还说出了一组组患者康复的相关数据，以增强汪先生对治愈肝癌的信心。

这时，王争艳看到汪先生的眼里有了神采，她知道基本效果已经达到了，马上切入正题："其实，你现在的病情还属于中期，那么多晚期的患者都有康复的机会，你作为中期的患者，机会要大得多，而这机会是掌握在你自己手中的。"

汪先生沉默了半天，才说道："王医生，我很感激你的良苦用心，就为你这片苦心，我答应你去医院治疗。"

听到汪先生的这话后全家人都露出感激的笑容，他的妻子更是紧紧握着王争艳的手，激动地说道："今天真是多亏了王医生您啊，要是没有您来劝他，这病估计还不知道要拖到什么时候。"

后来，汪先生住进了医院进行治疗。尽管汪先生不是由王争艳负责的病人，但她总是会抽时间去陪汪先生聊天，有时候，会告诉

未医彼病，先医我心。　　　　　　　　　　　　——刘昀

汪先生应多听听轻音乐，要随时保持愉悦的心情；有时候，会去给汪先生讲些笑话，让汪先生在开怀大笑之间抵御恐怖的病对他身体的侵袭；有时候，会给汪先生讲解些专业性极强的肝癌知识，让他对自己的病情有一个科学的认知，从而以更加积极的态度配合医生的治疗。王争艳通过这一系列努力，终于帮助汪先生逐渐树立了战胜病魔的信心，使他能够正确地认识自己的病情，也使汪先生的治疗达到了事半功倍的效果。

由于王争艳频繁地往返于汪先生的病房，有一次，同房的一位病友惊奇地问汪先生："经常来看你的那位女医生人真好，她是你的亲戚吗？"汪先生笑道："呵呵呵，你说的是王争艳王医生吧，她不光是名好医生，更是我们这些病人的亲人，甚至比亲人还要亲啊。"这是汪先生的肺腑之言。

像汪先生这样把王争艳当成自己亲人的患者还有很多，一位十多岁的患者小金甚至对王争艳产生了母亲般的情感。

那还是十多年前的一个冬季，王争艳在门诊接待了一名看起来大约十多岁的男孩。轮到他看病的时候，王争艳问他病情，他怯生生的眼神不敢看王争艳，只是耷拉着脑袋，支支吾吾半天不说话。

王争艳有些担心了，"你怎么一个人来了呢？没有人陪你来看病吗？"

小男孩还是沉默着。

王争艳拿出病历，又继续问他，"你叫什么名字？今年多大了？"这下男孩才抬起头来，告诉了王争艳自己的姓名和年龄。

看小金说话了，王争艳算是松了一口气。在和小金交流的过程中，王争艳发现他不停地咳嗽，而且还带有低沉的喘息声。她已经大致判断出小金的病情了。接着她开始拿出仪器给小金做详细检查，通过检查发现，他得了较为严重的气管炎，并且需要住院才能得到彻底治疗。

她告诉小金，"你回家告诉你父母，叫他们赶快陪你到医院来

古人医在心，心正药自真。

——冯梦龙

住院。"

小金又开始沉默了。王争艳纳闷了，问道："怎么啦，你有什么难处吗？可以告诉我，看我能不能帮你想办法。"

过了很久，小金才回答道："他们是不会管我的病情的，告诉他们也没有用，医生你就给我开点药就行了，我不想住院。"

王争艳就更纳闷了，哪有父母不管自己孩子病情的呢？她看小金的情绪比较低落，顿生怜悯之心，看到这个男孩就想到了自己的儿子，一种母爱之情在王争艳心里油然而生。

她很想更深入地了解小金病情背后的隐情，但小金始终是惜字如金的，不愿意多说一句话，总是问一句回答一句，这下让王争艳犯难了。恰巧小金跟王争艳的儿子年纪差不多，于是她想到，如果继续以医生的身份跟他沟通肯定是达不到什么效果的，决定试着以母亲的身份和他进一步沟通。

她努力回忆跟儿子的交流话题，并用类似的话题和小金交流，这一招果然有效，很快他们就聊开了。直到这时，小金才愿意谈及自己的父母。原来小金的父母在汉正街做生意，工作太忙，根本没有时间照顾小金。其实在来找王争艳看病之前，他就已经住过院了，但还没有好彻底，他就跑出了医院，才导致病情复发。王争艳最终了解了事情的原委：他父母把他一个人送到医院住院后，就再也没有时间去照顾他了，他一个人住在医院没有人管，感到特别孤独和伤心，于是就从医院跑了出来。

王争艳对小金的遭遇深感同情。在聊天中王争艳还发现小金不光有身体上的疾病，而且心理也受到一定影响。由于父母长时间疏于照看，使得他在成长过程中得不到应有的父爱和母爱，导致他产生自卑的心理。尤其是正处于青春期，也正值叛逆时期，要是再这样继续下去，定会影响他日后的心理健康。

于是，她在帮助小金治疗的过程中，总是会给予这个男孩更多的照顾，并经常去他的病房看望他。

医，仁术也。仁人君子，必笃于情。

——喻昌

一段时间过去了，王争艳发现小金的病情好了很多，但心理方面还是老样子，于是决定帮助他治好"心病"。王争艳提议带小金去解放公园散心。

小金一听，似乎不怎么感兴趣。虽说自从他住院后，王争艳经常来看他，但堆积在他心中的对父母的怨恨使得他对身边的人都冷冰冰的，尤其总把别人对他的帮助当成是别有用心。于是，他当场拒绝了王争艳。

王争艳也不气馁，仍然微笑地说道："今天天气这么好，我是专程请假过来陪你的，看你身体恢复得差不多了，想着你整天呆在病房里也挺闷的，所以想带你出去走走。"

小金可能也看出来了王争艳是真心想带他出去玩，再加上通过这一段时间的接触，也对她产生了一定的信任感，于是就答应了。

那个下午，是小金生病住院以来过得最快乐的一个下午。他们来到解放公园，在湖光山色中，小金短时间忘记了忧伤，他们像母子一样轻松地聊着。王争艳也趁机开导他，"其实你父母也是很爱你的，他们现在忙于工作，拼命挣钱，也是非常辛苦的，这一切不仅是为了能给你们一家人创造一个好的物质条件，也是为你今后有个好前程打经济基础……"

小金在一旁听着，虽然没有说话，但王争艳知道他肯定是听进去了。同时还告诉他怎么学会独立生活，作为已经十多岁的男孩，应该懂得去承担一些责任，应该像个男子汉一样勇敢面对生活。

王争艳也不记得那个下午她对小金说了多少话，从中午一直说到夕阳西下；从小金脸上的毫无表情，到愿意跟王争艳讲心里话，他们才一起有说有笑地回到医院。

后来，小金的气管炎治愈出院时，他的性格也越来越开朗，他从刚进院

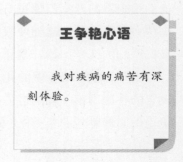

王争艳心语

我对疾病的痛苦有深刻体验。

不为良相,即为良医。

——范仲淹

时那个郁郁寡欢的自卑小子，变成了一位开朗的阳光男孩，这一切，都离不开王争艳的帮助。

用小金的话说，"是王医生用母亲般的温暖治好了我。"

名副其实的好医生

成就一名老百姓心目中的好医生需要多少个条件，是发表医学论文的篇数？还是在医学领域获得的科研成果？亦或是在平凡岗位上默默无闻一心为百姓着想的小处方医生？而答案就在老百姓的口碑里。王争艳就是这样一位靠老百姓口口相传的好医生，她长年如一日地为病人服务，不计回报，不计名利。王争艳没有轰轰烈烈的事件，只有朴实无华的付出。因此，王争艳也成为了老百姓口中的"名副其实的好医生"。

2006 年，80 多岁的戴爹爹在武汉市汉口医院江岸门诊看病的时候，恰好是王争艳给他问诊，"这似乎成为了我们一家人的福祉。"戴爹爹的儿子经常对人说道。

那天，戴爹爹的儿子于百忙中专程请了一天假，陪老人到武汉市一家大型医院去看病，很不凑巧的是当天的号全部挂完了，而且他们很想看的专家门诊更是排到好几天后了。无奈之下，他们抱着先缓一缓病情的心态随便找了一家医院。于是来到了离他们较近的汉口医院的江岸门诊，这正是王争艳当时工作的门诊。

当时，由于戴爹爹的儿子误解了江岸门诊，以为是跟其他私人设立的社区门诊一样的性质，对江岸门诊存在着某种偏见，见到王争艳的时候就说："医生，你随便帮我爸爸开点药就行了，只要能

看方犹看律，用药如用兵，机无轻发，学贵专精。

——刘一仁

稳定目前的病情就行。"

其实，戴爹爹儿子哪里知道，江岸门诊是由属于"二甲"医院的汉口医院负责开办的，一是有专家坐诊，在医疗技术上有保障；二是门诊由汉口医院主办，不单纯追求经济利益，更要承担更多的社会责任，要让更多的普通老百姓看得起病。

王争艳并没有听戴爹爹儿子的话，还是拿起听诊器给戴爹爹听心脏，给戴爹爹量血压，仔细翻看他们带来的病历，详细询问目前的病痛情况。戴爹爹儿子见状急忙说："医生，不麻烦您的，我们就随便来看看就成，您不要做那么多检查了。"

哪知王争艳还是没有停下来的意思，反而说道："来看病哪能随便看看，你们来一趟也不容易，尤其是老人，人老啦，各个器官都容易出毛病，我肯定要做个全身检查，你们也好放心。况且给病人检查是我们医生的职责，不存在麻烦不麻烦的问题。"

"那要收多少费用？"戴爹爹儿子接着询问道。

"你说检查费？那要什么费用，只是我们的程序而已，检查出来什么病才收医药费，没有病的话收什么费用呢？"王争艳笑了笑。

接着王争艳告诉他们，"戴爹爹的病都是些老人常见的慢性疾病，待会儿我开的药要坚持吃，平时多注意饮食结构就可以缓解的。"

直到这时，戴爹爹儿子才开始对这位门诊医生有所信任。

王争艳接着针对戴爹爹的病情一一进行了分析，并且对他的各个关键部位情况如脾胃情况、肠道情况等也一一进行了说明。王争艳的这一系列行为立刻让这位曾经对她存在某种偏见的戴爹爹儿子改变了看法，并记住了这样一位好医生。

2006年底，戴爹爹儿子决定要远赴美国进行深造，一年半载不可能回国，年迈而多病的父亲无人照顾，成为了他整日挂牵的事情。最后迫于无奈，他只好将父亲送到了汉口医院的老年病区，常年由护士照看着，这样总比父亲一个人在家方便些。更重要的是，他想到了王争艳，因为老年病区离汉口门诊近，父亲要是有个什么突发

上以疗君亲之疾，下以救贫贱之厄，中以保身长全，以养其生。

——张仲景

事情可以找到王争艳解决。也许，上一次的看病经历对于他来说太深刻了，就一次的经历，便让他对王争艳如此信任。

所以在他远赴美国之前，他决定找到王争艳长谈一次，想将孤身一人的父亲托付给王争艳照顾。但在去之前他心里一点底都没有，因为在他看来，尤其是稍微有点名气的医生，每天有络绎不绝的病人需要诊断，哪有额外的精力去满足病人的其他要求？他这样去分明是一厢情愿的想法，但现在对于他来说，似乎没有别的法子可以选择。

于是，戴爹爹儿子还是硬着头皮给王争艳打了一个预约电话，希望她能抽点时间出来跟他谈点事情。

电话那头，王争艳本想让他有什么问题直接来门诊就可以了，但听对方反复强调希望能单独面谈一下，也似乎听出了他语气里的难处，当时就答应了。

戴爹爹儿子见到王争艳的时候，怎么也开不了口。他自己都觉得这有些勉为其难了。

王争艳看他面露难色，和蔼的说，"你父亲有什么病情你就直说吧，看我能不能帮你。"

"现在父亲的病情还算稳定。这您就不要担心了。"

"那是什么事情呢？"王争艳有些疑惑。一般病人要么是因为病情，要么是因为经济原因，会找到她解决问题。

"是医疗费的事情？"

"也不是，跟这些都没有关系。"戴爹爹儿子还是开不了口。

"那是什么问题？"王争艳都有些着急了。

"我都不知道怎么开口向您说，这似乎是有些过分了，不在您的职责范围内啊。"

"呵呵，你想太多了，我医治病人很多了，什么样的情况我没有遇见过呢？"

"是这样的，过两天我就要去美国了，可能很长一段时间我不

病人是以他们的泪水、痛苦、生命为代价帮助医生获取临床经验的，医生要感谢病人，善待病人！
　　　　　　　　　　　　　　　　　　　　——吴孟超

能回来，您也知道，我父亲这么大年纪了，身体也一直不太好，我现在把他送到了汉口医院的老年病区，但还是有些不放心，要是我父亲有个什么突发病症，担心医院病人多，照顾不好我父亲，所以就想拜托您有时间多照顾一下我父亲，要是父亲有个什么需要，就麻烦您一定要帮帮他。"戴爹爹儿子终于一口气说完了，才感到轻松了许多。

王争艳突然笑了起来，"我以为是什么事情呢，这才多大个事呀，没问题，你放心好啦，我一定会尽力照顾好他的，难得你有这样的孝心。"

"这段时间我心里一直纠结着呢，怎么也放不下父亲。"戴爹爹儿子话语中充满感动。

"你就安心出国吧！"

王争艳的这句话终于让戴爹爹的儿子悬着的心落了下来。从此，王争艳不仅成了为戴爹爹诊病的医生，还成了照顾他日常生活的"亲人"。

后来，戴爹爹虽是住进了医院老年病区，但只要一生病就会去汉口门诊找王争艳看病。他同病房的病友都觉得好奇，"我们病区不是有医生吗？你为什么非要跑出去看呢？"

"这你们就不知道了，到王医生那里去看病，她态度好，可以把我的病情检查得清清楚楚，我放心啊！"

王争艳也确实没有辜负戴爹爹儿子的一番孝心。自从戴爹爹住进医院老年病区后，王争艳经常利用午休时间或下班时间来到戴爹爹病床前，为他检查身体。这也让戴爹爹更加感激王争艳。他逢人便说，"能遇到这样的医生，真是我的福气啊！"

一天深夜，戴爹爹早年的呼吸系统疾病突然复发，这一发病就很严重，如果不及时治疗可能会危及生命。医院当晚的值班医生当即决定将戴爹爹转到呼吸内科住院。可老人坚持不让转到呼吸内科去，而提出了一个让他们所有人都惊讶的要求，他非要坚持让王争

看病收红包，就会玷污医生神圣的称号。　　——吴孟超

x

艳来诊病，这让在场所有的医务人员都犯难了。

　　当时已经是午夜了，王争艳肯定已经休息了，况且即便她能赶过来也得些时间，现在情况紧急，容不得半点迟疑，如果戴爹爹不转到呼吸内科进行紧急治疗，势必会延误病情，后果不堪设想。而且戴爹爹身边一个家属也没有，医生找不到能做决定的家属，也不能轻易地将他转走。

　　情急之下，现场的医务人员经过商议决定先给戴爹爹做思想工作，希望能说服戴爹爹赶快转到呼吸内科，这样才可以得到及时治疗。实在不行再给王争艳打电话。但让所有人没有想到的是，戴爹爹的固执程度超乎想象，他死活不肯转科，除非王争艳前来。

　　劝说无效下，医院医务人员只好给正在熟睡中的王争艳打电话，王争艳二话没说就赶过来了。见到王争艳的那一刻，大家都像见到救星一般。而戴爹爹也总算是开口说话了，他对王争艳说道："你给我检查一下，看我是不是需要转到那边去住院。你是位好医生，不会欺骗我，给我检查，我放心！"

　　王争艳立即给戴爹爹作了全身检查，发现他病情确实很严重，决定马上转到呼吸内科，可戴爹爹又提出了一个条件，"我可以过去，但我希望你来给我治疗。"王争艳笑着点头答应道："没问题，我会跟其他同事换个班，那就专门到这边来吧。"老人最终及时地转到了呼吸内科进行治疗。

　　在随后的一段时间里，王争艳跟同事更换了汉口门诊的工作时间，专门到呼吸内科来做了戴爹爹的的专职医生。

　　直到老人病愈出院后，王争艳才回到了门诊工作，但只要老人一有需要，她总是以最快的速度来到他的病床前，为他治疗，使他一次次转危为安。

　　2010年，戴爹爹因为病情加重，不幸去世了。他儿子专程回国为父亲办理丧事。当他得知王争艳被评为武汉市首届"我心目中的

我所有的科研首先要感谢病人。　　　　　　　——吴孟超

好医生"时，他还特地向王争艳表示祝福，并在接受记者采访时说："她是位名副其实的好医生。"

或许，"名副其实的好医生"才是百姓送给王争艳最好的荣誉。

上门服务的家庭医生

近年来，上门服务在许多服务行业较为盛行，比如物流业、餐饮业等，但在医疗行业却是较为少见的，特别是在休息时间里，医生免费上门服务更是极为罕见。以前只有有钱人才请得起那种较为昂贵的随叫随到的私人医生，平常人家哪能享受得起这样的服务。但王争艳却破除常规，做了多年这样免费上门服务的家庭医生。她常常牺牲自己的休息时间，上门医治那些因特殊情况不能前来门诊就治的病人。这是一种何等高尚的情怀！她就像一朵雪域高原上圣洁的雪莲花，在无人的高原上，静静开放着。

艾爹爹一家人，时至今日，只要一提到王争艳医生，都赞不绝口。

2008 年，88 岁的艾爹爹，因年事已高，原本身体就不太好的他突然又遭遇了一场癌症的侵袭。艾爹爹因结肠癌转移为肺癌引起胸积水导致肺叶萎缩，整日感到胸痛，声音变得嘶哑，更为严重的是呼吸变得有些困难，身体变得更加羸弱不堪。再加上艾爹爹家住5 楼，外出就医已变得不可能。全家人为此都一筹莫展。只有艾爹爹的儿子情急之下才想到，"那我们就请医生出诊吧，这样爸爸就可以少些路途上的颠簸折磨。"全家人似乎又看到了希望。

于是艾爹爹儿子开始给各大医院的医生打电话咨询能否提供上

我时刻警告自己：第一想到，假如我是病人，自有病痛，希望医生如何做；第二想到，假如病人是我的父母、兄弟、姐妹、子女，他们身患病痛，我将怎么做。
——周礼荣

门诊病服务，结果也是他预料中的事情，没有一家医院表示可以抽出时间上他家来为艾爹爹诊病。他想想也是，现在医院门诊的病人都排着长队等候着医治，医生哪还会有时间到病人家里去看病呢，除非在休息日上门来，但哪个医生会牺牲自己的休息时间，亲自上门为病人服务呢？因此，让医生上门诊病的希望变得十分渺茫。

直到有一天，一位朋友知道了艾爹爹的实际情况，给他介绍了王争艳，说她所在的武汉市汉口医院是武汉市卫生局直属医疗单位，其主办的金桥社区卫生服务中心医生能像家庭医生一样，是可以上门为病人看病的。

艾爹爹儿子听后有些不相信，可能是因为之前被拒绝多次了，有些不抱希望了，但看到父亲整日痛苦的表情他还是决定去试试看。

抽了一个王争艳上班的时间，艾爹爹儿子来到了她的办公室。当时，王争艳正忙着接诊病人，艾爹爹儿子看到现场忙碌的情景就更开不了口，最后还是王争艳主动问他："你有什么事情？看我能否帮上你。"

在细心听完他的讲述和请求之后，王争艳迟疑了一下，随即看了看墙上的工作安排表，然后爽快地答道，"最近提前预约的病人很多，估计上班时间是抽不开身的，这样吧，我看后天是礼拜六，我争取上你们家去为你父亲做个详细的检查。"

艾爹爹的儿子听到回答后高兴之余仍有些不敢相信，便追问了一句，"您真的愿意去吗？因为很多医生都不愿意去的。"王争艳听后笑了笑，"特殊情况，特殊处理嘛，我既然答应你了，是肯定会去的，这也是我们做医生的职责，放心吧。"艾爹爹儿子在得到肯定回答后便将自己的家庭住址告诉了王争艳。

周六一大早，全家人就开始等着王争艳的到来，可一直等到快中午了还不见她来。就在全家疑惑着王争艳可能不会来的时候，门铃响了，王争艳出现在门外，全家人对她的到来都心怀感激，连长时间卧病在床多日不见笑容的艾爹爹都露出了笑脸。王争艳一进门

医生要医术精湛、医德高尚、艺术服务。　　　　　　——吴阶平

还不断道歉，"很不凑巧，家里刚好有点急事要处理，我在家的时候很少，所以有些事情必须要我来处理。让你们久等了。"边说边拿出根据艾爹爹的病情早就准备好的检测仪器，详细了解了艾爹爹现在服药治疗的情况，查看了之前艾爹爹在医院的检测报告。

通过检测结果综合分析发现，艾爹爹的癌症虽无完全康复的希望，但只要配合药物治疗，还是可以将其生命延长一段时间。同时她还发现，艾爹爹对自己的病情非常绝望。他告诉王争艳，"你今天能来我就很高兴了，但你也就别费心了，我这大岁数了得了癌症，是不可能好得了的，你给我开点止痛的药，只要将我目前的胸痛缓解一下就行。"

王争艳听后很担忧，她知道作为一名癌症患者，要是自己都放弃了治疗，那就相当于早早地放弃了自己的生命，就是吃再多的药也是无济于事。她根据检查结果开好了艾爹爹的处方后，决定再对艾爹爹进行心理治疗。只有将药物治疗和心理治疗结合起来才能更有效地缓解艾爹爹的病情。于是，她收拾好一切后，坐到艾爹爹的床前，像亲人般地和他聊起天夹。

"您知道吗？癌症并不可怕，可怕的是我们没有战胜癌症的信心。有一句话说得好，很多癌症患者的生命不是被病魔带走的，而是被自己的绝望带走的。"

见艾爹爹还是不为所动，她又继续开导："可能您对癌症的认识有限，癌症并不都是不治之症，尤其是您现在的肺癌，只要您坚持配合医生的治疗，坚持服药，是可以得到一定缓解的。我只希望您一定要相信现在的科学技术，现在医学已经非常发达了，在治疗癌症方面已取得了很大的进步。您现在只要坚持治疗就有一丝希望，

德在人先，利在人后，勤于磨练，逆境不退。

——陈可冀

第二章 王争艳先进事迹

如果您放弃了治疗是一丝希望都没有的。"

在王争艳长达三个多小时耐心的劝告下，老人的心结也慢慢打开了。站在一旁的艾爹爹的家人都被她的苦心感动不已。

看到老人终于愿意接受治疗，王争艳也松了一口气。接着她转过身来拉着艾爹爹的儿子到另一个屋子轻声交代，"不光要艾爹爹有信心，作为他的家人，你们更要有信心才行，如果你们对他的病情都感到绝望的话，这也势必会影响到病人的情绪。"同时，王争艳还写了个关于肺癌食疗的处方交给艾爹爹的儿子。

临走的时候，躺在床上的艾爹爹满含热泪地对王争艳说："古人有云：'不为良相，即为良医'，你就是位良医呀！"

后来，艾爹爹还是因病情加重去世了。要是没有那一次王争艳的上门治疗，艾爹爹根本不可能多活近两年时间。艾爹爹的家人回忆说，他临终的时候还提起了这位爬了5层楼上门为自己看病的好医生王争艳。

在王争艳上门服务过的患者中，还有一位不得不提到的老人——石婆婆，也是位84岁高龄的老人。石婆婆则是因为脚肿、胸闷等卧床多日，不能前往王争艳诊所，成为了需要她上门诊病的患者之一。

石婆婆的脚得了一种她女儿认为很奇怪的病，刚开始的时候，石婆婆的双脚开始肿胀，走路总是没有力气。石婆婆的两个女儿起先也没有注意，以为这不过是老人的一种常见病，多注意休息便可以了。结果却是越来越严重，双脚的肿胀区域开始向小腿上扩散，石婆婆的双脚已经肿到不能长时间地站立和走路的程度，而且双脚的脚趾也开始出现溃烂。这下姐妹俩才开始着急起来，并带着母亲四处就医。

奇怪的是，她们多次到大型医院的专科门诊去检查，化验单开了一张又一张，药吃了一盒又一盒，可石婆婆的脚病总是短时间内得到缓解后，不久又复发了，总也治不断根，弄得姐妹俩都没辙了。

我们选择了从医这个职业，我们也就给自己定下了一生追求大爱的精神目标。这种追求，是一种自我完善。人需要用一生来实行自我完善，用一生来证明自己。

——韩启德

石婆婆无奈只好减少行动，终日躺在床上，生活起居极为不便。

姐妹俩看着母亲整日躺在床上，病情一天比一天严重，心里很不是滋味。心想这脚病又不是什么大病，总应该可以治好的吧。就商量着还是请医生上门来诊病。她们找过好几家大小医院的医生，请求他们看能否上家里给自己的母亲看病，结果均遭到拒绝。姐妹俩都因此开始灰心起来。

还是石婆婆的大女儿在单位的一次聊天中，无意中从同事那里打听到了王争艳的故事后，决心去试试看王争艳愿不愿意上门为母亲看病。

那天，当姐妹俩来到王争艳诊室的时候，刚巧碰上就诊病人不是很多的时间，王争艳当场就答应了看完前来就诊的病人后就会赶过去。

"王医生，真是麻烦您了，我们那地方有些偏僻，我们怕您找不着，所以在这里等您忙完了跟我们一块儿去吧。"

王争艳笑了笑，"没事，自从当了社区医生后，我都习惯了，外出诊病那么多次，什么偏僻的地方没有去过，放心吧，很多地方我可能比武汉的出租车司机还熟悉呢，你们把家庭地址和电话号码写给我就可以了，我一会自己过去。"

姐妹俩十分感动，急忙掏出纸和笔，将她们的家庭地址和电话号码留下了。临走的时候，姐妹俩说："我们那交通也不太方便，您过去的时候直接坐出租车过去吧，车费我们出。"

"你们走吧，我还不太清楚什么时候忙完呢，完了我自己过来就是了，免得耽误你们的时间。"王争艳催促着姐妹俩。

一个多小时后，王争艳看完门诊的所有病人，找来跟她一起当班的一位同事，和他商量能不能借用他的电动车载着她去看一位病人，这位同事还没等她说完就急忙脱下白大褂去取车子。作为和王争艳在同一办公室工作的同事，总会被她的优良医德潜移默化，同为社区医生，每次只要王争艳有需要，他总是会协助她去救助病人，

人类永远不可能彻底战胜疾病，医生在很多情况下，并不可能治好患者，更多的只是帮助病人减少痛苦，从情感上去给他们一种安慰。

——韩启德

这已成为了习惯。

武汉的秋天来得迟也去得快，才十一月底，秋天似乎就快要溜走了，漫长而又寒冷的冬季即将开始了。阴沉的天空，干冷干冷的，那是一种让你看不到却感觉得到的冷，一种深入骨髓的冷。电动车在行人较少的小路上疾驰着，王争艳坐在电动车的后座上，肩上背着沉重的医院专门为他们配备的进社区服务的专用医药箱，这个药箱的肩带因长时间的摩擦变得有些破旧，记录下太多王争艳帮助那些长期卧病在床的病人的故事。

王争艳将药箱往怀里移动，这样可以减轻药箱袋子勒压肩膀的疼痛感。这时，她只感觉到耳边呜呜地刮着冷风，直往她的脖子里灌。她赶紧将衣服领子竖起来，把脖子紧紧包裹着。而她的眼睛有些睁不开，手也冻得有些僵硬，因此只好让同事把车停下来才能看清石婆婆女儿留在纸条上的详细家庭地址。于是边走边停，沿途问路。约莫半个多小时后，他们来到了离石婆婆家最近的一条大道，她让同事先回去，自己再步行两里路才来到石婆婆家。

当到达石婆婆在余华岭老年公寓的住处时，王争艳的脸已经被阴冷的寒风吹成了酱紫色，有些发麻的感觉。而她的双手完全被冻僵硬，毫无知觉了。全身都在微微地哆嗦着。石婆婆的俩女儿感动得眼睛都湿润了。

进屋后，王争艳顾不上这些，赶忙搓热手，手指变得较灵活后就赶忙开始为石婆婆检查病情。她开始从头到脚细细地检查，这是王争艳一贯的工作习惯，每次为老年人检查身体的时候，她总是会周全地检查一遍全身，因为在她看来，人老了，身体的各个器官都开始衰老，就像机器一样，总爱出毛病的，况且这一次也难得来一回，也想顺便查查石婆婆还有没有其他方面的疾病，这样也好一并治疗了。

她掏出听诊器挂在胸前，静静地听完前胸，又将听诊器放至石婆婆的后背。然后又拿出血压仪，将石婆婆的左右手都量了血压并

行医是一种以科学为基础的艺术，行医是一种高尚的使命，是一种人性和情感的表达。
　　　　　　　　　　　　　　　　　　　——韩启德

记录在病历上。王争艳将石婆婆从头到脚地检查了个遍，每一处都不放过。当检查到脚部的时候，她闻到了一股浓烈而刺鼻的味道，有些令人作呕。

虽天气转冷，气温下降了，但石婆婆的脚趾间由于很久没有清洗，长时间的溃烂加上用药的缘故，脚趾间的肉糜烂成紫黑色了，还流着暗黄色的脓水，散发着肌肤腐烂的味道和难闻的药臭味。但王争艳顾不上这些，为了更清晰地看到石婆婆脚丫患处的真实情况，她将石婆婆的脚抬至眼前，将脚趾一个一个掰开，近距离查看溃烂处情况。站在一旁的俩姐妹都看不下去了，"王医生，您就像别的医生一样离远一点检查吧，我们都知道这气味太大了，怕影响到您啊。"

"我们医生嘛，就是专门跟这些病痛打交道的，人家身体要是好好的没有毛病，哪里还用得着我们呢？医生要是怕臭怕脏，那就不能成为一名合格的医生了。"

石婆婆的女儿哽咽着说道："哎！说来真惭愧，我们做女儿的都做不到像王医生您这样，自从妈妈脚得这病后，我们都不曾碰过一次妈妈的脚。"

经过王争艳半个多小时的一系列检查，她肯定地说："你们不要担心了，石婆婆的脚病是很简单的病，是常见的脚气病引起的，治好了脚气病其他的病痛都会好的。"

"啊，脚气？那就好了。老是治不好，都去了那么多家医院，就是无法得到根治，我们还以为是得了什么疑难杂症。"姐妹俩紧锁的眉头这才开始舒展开来。

"这病需要综合分析才能得出结论来，我刚才听了下石婆婆的心跳，量了量血压，基本都是正常的，那就说明不是其他的病引起的。所以我就重

王争艳心语

医生是和病人打交道，不仅仅是看病，全面地了解人的心理，就可以更好地帮助病人。

一切为了病人、为了一切病人、为了病人一切。

——吴阶平

点看了脚趾溃烂处，才发现根源所在了。"王争艳看姐妹俩半信半疑的神情后解释道。

"嗯，是呀，原来的医生都只是匆匆忙忙地看一眼就开药，也不知道是什么病，这下放心了。但王医生，这脚气病好治疗吗？"

为了让姐妹俩更放心，王争艳接着说："这脚气病，说好治是因为只要开点药就好了，说不好治，是因为如果不坚持治疗或不注意日常卫生还是容易复发的。所以平时只要坚持治疗，同时注意卫生是一定可以得到根治的。"

这下姐妹俩算是彻底放心了。

王争艳开了药，全部药费才39元。同时她还再三强调，"要治疗彻底，你们还要对石婆婆穿过的袜子、鞋，用过的毛巾等都要进行严格的消毒，消毒的药我都开好了。还要告诉你们的是，这病的传染性很强，你们自己也要多注意，不要和你们的妈妈共用脚盆、毛巾、鞋子等。"

王争艳拿起医药箱准备出门，回头又嘱咐道："要天天给石婆婆洗脚，更换透气的棉质袜，不要穿胶鞋或不透气的球鞋。还有就是一定不能自动停药，等我检查确定了才行。"

姐妹俩感激得不断点头。

临走的时候，石婆婆大女儿掏出钱来，"这39元是药钱，这100元呢是您来时的车费和出诊费。"

"这药钱我收了，其他的我就不收了。你们这样我下次还敢再来吗？"

三人推让了半天，王争艳还是没有收下那100元。姐妹俩到现在还不时地感慨道，"现在像这样的好大夫真的已经很少了啊。"

两个月后，石婆婆的脚病终于好了。这算是王争艳帮她们一家人解决了多年来的烦恼。

一个人的价值不是看他谋取了多少财富，而是为社会作出了多少贡献。

——毛江森

午休时间出诊的医生

在王争艳的时间里，似乎没有"休息"二字，她将大多数休息时间，都用在了医治病人上，她甚至恨不得将自己变成三头六臂、一天二十四小时地去医治那些总需要她帮助的病人，于是，午休时间理所当然的被她利用为就诊时间。她通过牺牲自己中午两个多小时的休息时间，换来了很多人的健康，甚至生命。

在梅先生的心里，一直封存着一段温暖的故事，那就是 2000 年至 2006 年间，王争艳坚持牺牲自己午休时间，为远道而来的梅先生看病。她这一坚持，就是六年，直至他的病痊愈。这段温暖的故事，一直让他心存感激。

那是 2000 年深秋的一天，当时，王争艳还在武汉市汉口医院汉口门诊呼吸内科工作。那天中午，她正关着门躺在长条凳上准备休息的时候，突然，一阵紧急的敲门声响起。她打开门一看，一位穿着列车工作人员制服的人，怯生生地问道："不好意思，医生，打扰你了，我想问一下你现在能不能给我诊病。"

那祈求的眼神，让王争艳毫不犹豫地说："嗯，可以。"

于是梅先生开始给王争艳解释道："我是从卫家店火车站赶来的，一下火车我就急忙跑过来看病。我想麻烦你利用中午的时间给我做下检查，完了我下午就可以坐今天的火车回家，如果下午再来，可能到时候就没车回家了，还得在武汉住一宿，这样我就又多花住宿钱了。"

原来梅先生是武汉铁路局花园工务段的职工，家位于孝感市的

作为一个医生，要真正地体贴病人、关心病人，不要让医生的身份高于病人。拿起手术刀，不停地去掉病人身上的痛苦。千万不要去割断与人民的感情。
　　　　　　　　　　　　　　　　　　　　　——王忠诚

卫家店站。卫家店是京广线上的一个小站，每天只有一趟短途列车停靠此站。乘坐此趟列车来武汉再到汉口医院的时候已是中午一点多了，如果下午常规时间才能看病的话，他就赶不上回家的那趟列车了。

听完梅先生的讲述后，王争艳马上从座椅上起身，说道："好吧，看你情况特殊，我就不休息了吧。"梅先生感动得连声说谢谢。

就这样，王争艳总是利用午休时间为梅先生看病。后来有一次，同办公室的同事都相约利用中午休息时间去参加一项活动，大家都在准备，唯独王争艳没有任何动作，大家都感到迷惑，其中一位年长的同事问道："这可是集体活动，平时大伙儿都很忙，今天难得大家都有时间，你怎么啦？不想跟我们一块儿去？"

王争艳摇头解释道："我怎么不想去呢，可今天我有点重要事情……"

还没等她说完，一位同事抢着问道："呵呵，那是私事还是公事呢？"

"是公事。"王争艳回答道。

"休息时间还有什么公事呢？"

"是呀是呀，跟我们一起去吧，有什么公事下午上班时间再处理啦。"

……

同事们七嘴八舌地劝说着。

"好啦，你们就别说啦，今天要等的是一位病人。"王争艳打住大家的劝说。

"病人呀！约好了的吗？可现在是下班时间，你叫他下午上班再过来，现在可是休息时间。"

其实王争艳要等的就是梅先生，但又不是很确定他会不会再来检查，因为上次梅先生走的时候王争艳再三叮嘱他今天要过来做个复查的。

一个医生真正的幸福是用自己的才智辛劳换来了病人的康复。

——裘法祖

最后王争艳还是决定坐在办公室等梅先生。

不过，没有让王争艳失望的是，当天梅先生还是如约来到了诊所。自从那以后，王争艳似乎养成了一个习惯，中午下班后总喜欢呆在门诊部的办公室等着梅先生或像梅先生一样有需要的病人来看病。

事后，同事们都打趣王争艳的"不合群"，她却笑着回答："我们天天在一起，随时都有机会搞活动，而病人来一趟不容易，只有看完了病我心里才踏实。"王争艳的话说得同事们都不住点头。

除了在办公室等梅先生前来就诊外，王争艳还经常会通过电话了解他的病情。

有一次，梅先生在上班的时候突然接到一个电话，"你是梅先生吗？"

"你好，你是？"

"哦，我是王医生，是这样的，我就想问问你现在的病情怎么样了，上次给你开的药有没有效果，因为我看你好久没有到医院来复查了，所以有些担心。"在电话里，王争艳关切地问道。

"啊，王医生呀，您还亲自打电话过来，真是麻烦您了。我的病好多了，所以也就没有过来检查了。"梅先生感动得有些不知所措。

"那就好，我怕你工作太忙了，没有时间顾及自己的身体，所以专门打个电话提醒提醒。"

"嗯，让您费心了，真是太感谢您啦。"梅先生激动得除了说谢谢外都不知说什么好了。

"不客气的，这是我们当医生的职责嘛。如果你下次需要来检查就把日期告诉我，到时候我也会提前通知你，我也是担心你工作忙忘记来检查，怕延误病情。"王争艳在挂电话之前提醒道。

这个意外的电话让梅先生分外感动，从此，他更加信任王争艳了。

对于像梅先生这样在铁路行业工作的病人，或者类似工作性质

医生在工作中只要有一点疏忽，就会造成病人多年的痛苦，甚至终身残疾。
　　　　　　　　　　　　　　　　　　　　　　——裘法祖

的病人，王争艳总是会特别为他们着想。她常对同事说："铁路沿线职工看次病很不容易，有时候到医院来可能不是上班时间，我们作为医生要体谅他们的难处。"

受王争艳的感染，汉口医院门诊部的其他医生也开始关心起像梅先生这样的病人来。有一次，梅先生身边的几位同事也需要到武汉来看病。梅先生便将王争艳利用休息时间为自己看病的事情告诉了同事们，大家听后都觉得有些不可思议。还真有这样的医生吗？于是便要求梅先生带着大家到王争艳的门诊去看病。

当天中午，当梅先生带着一大批同事来到王争艳的门诊时，她正准备下班，结果一看，大概有十来个病人，要是她一个人看的话都不知道要看到什么时候，即使她利用中午时间诊病的话，梅先生他们今天也不可能赶上回家的火车了。她有些犯难了。在一旁的王争艳的同事们看在眼里，急忙说："王医生，还有我们呢，今天我们大家就牺牲一个中午的时间吧，这样不就可以节约时间了吗？"王争艳起初是愣了一下，反应过来后，也跟着前来就诊的工人们说着谢谢。

后来，汉口医院门诊部的同事们经常为铁路沿线职工及其家属加班加点，使他们能按时坐上回家的火车。这也成为了让王争艳感到非常欣慰的事情。

其实，王争艳利用午休时间救治过的病人很多，有些病人是来王争艳工作的门诊就诊，而有些病人则是需要王争艳出诊的，李爹爹就是王争艳利用午休时间出诊的一位病人。

几年前，李爹爹只要一感冒，就会发烧，咳嗽不止，老感觉胸口有些微微的疼痛，在家人的陪同下他来到汉口医院江岸门诊看病。在医生的建议下，去拍了张胸片。当时外科的一名医生怀疑是肺结核，但是不能确定，需要再进一步进行特殊检查。李爹爹及其家人听到医生说的结果后都很着急，要求他们曾信任的主治医师王争艳来确诊，但当时王争艳还在汉口门诊，于是那位医生建议病人第二

在治疗中，任何人为地给患者增加痛苦都是有罪的。

——吴孟超

天再过来。哪知李爹爹家人不同意，非要等到结果了才回家不可。

这让年轻医生有些为难，当时快到中午下班时间了，叫王争艳赶过来有些不合时宜。但他还是硬着头皮拨通了王争艳的电话。

"王医生，我这边有位病人，我刚给他拍了片子，我怀疑是肺结核，但不是非常确定。"

"那一定要确诊才行，这要对病人负责的。"王争艳在电话里叮嘱年轻医生。

"就是因为这样，我让那位病人明天再来，因为明天您就可以过来帮着确诊一下。可那位病人非要等到结果才能安心回家不可。"年轻医生解释道。

"现在吗？我看看我这边的情况。我这边现在还有几位病人等着，估计看完也是中午下班了。我明白你的意思，病人的担忧你要理解，肺结核不是个小毛病啊。那你告诉病人，让他们等等，我中午下班了就赶过来。"王争艳果断地说道。

"那耽误您休息了。"年轻医生有些歉意道。

"嗯，没关系，病人的事情才是大事。"

中午下班后，王争艳顾不上吃午饭，便骑着自行车急忙从汉口门诊赶到江岸门诊。到了诊室还没顾着休息就换上了白大褂，拿出了听诊器、小电筒，快步走到焦躁不安的病人面前。

李爹爹及其家人都十分感动，"王医生，不确诊我是不安心，今晚估计我都吃不好睡不好，麻烦您帮我仔细检查检查，是不是肺结核。"

王争艳微笑着说："是呀，可以理解的，我宁可牺牲一个中午的时间，只要能确诊您的病情那也是值得的，不然延误您的病情那可是大事啊。"

王争艳边说边向科室医生了解病人有关情况，然后又详细问起病人现在的感受："您告诉我您现在有什么地方不舒服。"

"头痛，发烧，最主要的是老咳嗽，痰多，胸部有些疼，也不

用真诚的爱心去抚平病人心灵的创伤；用火一样的热情去点燃患者战胜疾病的勇气。
　　　　　　　　　　　　　　　　　　——南丁格尔

知道是咳嗽咳出的毛病还是肺结核。"李爹爹着急地说道。

王争艳听完后再用双手仔细地为李爹爹作了全身检查，最后才看李爹爹刚才拍的胸片。王争艳正在看胸片的时候，在一旁的家人突然想起了什么，说道："王医生，以前有次他发热也拍过这样的片子。"

"哦，如果拍了这样的片子也要拿来对比才行，这样可以综合分析一下，得到的结果更准确一些。"王争艳对着李爹爹的家人交代着。

"那不是要麻烦您多跑几趟，多不好意思。"李爹爹家人感到有些歉疚。

"我过来不要紧，重要的是要保证对李爹爹的诊断是万无一失的，这样我才安心。因为医学本来就是很严谨的事，来不得半点马虎。"在场的所有人都被王争艳严谨的工作态度折服。

王争艳将所有的检查结果进行综合分析，初步可以确定李爹爹的病是肺结核，建议他当天就住到医院进行治疗。

她走的时候，叫来管床医生，说："对这个病人的情况要多关注，李爹爹的病极有可能是肺结核，但还需要通过结核抗体和结核菌素试验来帮助诊断，暂时还是要对病人进行必要的隔离。病人检查结果出来后，马上跟我联系，我要再来看的。"

第二天中午，王争艳照例利用午休时间，亲自过来查看了结核抗体和结核菌素试验结果。而第三天中午，她为了看李爹爹家人从家带来的胸片，又专程从汉口门诊来到江岸门诊。通过对胸片前后的对比分析，发现李爹爹确实患了肺结核。随后她建议李爹爹到专科医院治疗。

王争艳为了得到一个明确的结论，牺牲了三个中午休息的时间，对于她来说，病人的一切都比她个人利益要重要得多。

我若能缓解一段生命的疼痛，我便不是白活。

——艾米丽·狄金森

用仁爱孕育出的 "粉丝"

"粉丝"这个网络流行词一般泛指影视明星、体育明星等的狂热追随者和崇拜者，平凡岗位上的人似乎很难与"粉丝"扯上关系，但王争艳这个普通岗位上的社区医生却拥有着众多的"粉丝"。或许，世间万物就是这样，只要有爱，就可创造一切。一如王争艳，她用内心深处对病人深诚的仁爱，让她的"粉丝"持久地追随着她、依恋着她。

"粉丝"一词，仅从字面意义上看来多少有些狂热的意思，狂热便意味着稍纵即逝，然而作为王争艳的"粉丝"，却是在受到王争艳帮助之后，对她产生的一种持久的依赖和需要。就像她的一名患者说的那样，"我们铁定一辈子跟着她，她调得再远，我也乐意找她看病。"她用一名医生的仁爱之心将病人和自己紧紧维系在一起。

王争艳有着很多的"粉丝"，武汉铁路局江岸机务段退休职工盛常耀便是其中一位。几年前，盛爹爹因患肺结核找到王争艳看病，这一看就是好几年。

盛爹爹至今仍然还清晰地记得，那年他得了肺结核，在王争艳所在的武汉市汉口医院进行治疗，当时王争艳还在呼吸内科工作。王争艳对病人热情、和蔼的态度，对病人像对亲人一样不厌其烦的精神给盛爹爹留下了深刻的印象。出院后，一段时间他还会每个月定期到汉口医院找王争艳复诊。

>
> **王争艳心语**
>
> 作为医务工作者，要做到自律和他律相结合，与各项卫生制度和措施相结合。

贫苦大众的要求虽然不一定合理，但却甚为简单。他们希望得到便宜的魔法，一可以预防疾病，二可以用廉价的药物治病。有时他们可能强使医生也认同他们的看法。
　　　　　　　　　　　　　　　　——萧伯纳

第二章　王争艳先进事迹

由于肺结核是具有一定传染性的疾病，很多人都害怕跟这样的病人打交道，但王争艳却没有这些想法，每次盛爹爹来，她都会像对待其他普通患者那样，非常认真地了解盛爹爹康复的情况，从没因为怕疾病传染给自己而简化检查程序。于是盛爹爹深深地记住了这样一位好医生。每次来找王争艳时总是有人排着长长的队伍，但他宁愿长时间地等待也要等到王争艳为他检查为止。

在盛爹爹的记忆里，最让他感动是，有一次因感冒导致肺结核病情加重，他又一次来到医院找王争艳。当时他的胸痛得非常厉害，王争艳在做了一系列详细的检查后要求盛爹爹住院检查治疗。在住院期间，忙碌的王争艳总会抽时间到他的病房，了解他的病情治疗效果，或者聊聊家常，这给在病痛中的盛爹爹带来了无尽的温暖。

就这样，近十年来，盛爹爹无论是肺结核还是其他的大病小病都会坚持来找王争艳诊断，直至 2009 年王争艳调到金桥社区卫生服务中心担任主任。由于交通不便，他不能再找王争艳看病了，这对他来说是一种莫大的遗憾。十年的信任使得他在心里一直深深地惦记着这位难得的好医生。

王争艳对病人像对亲人一样的态度成为了盛常耀老人选择做她"粉丝"的原因，而 78 岁的董慧珍婆婆则是因为常常在王争艳休息时间电话问诊，而比盛常耀老人更早地成为王争艳的"粉丝"。

董婆婆与王争艳结缘于 20 世纪 90 年代初，那时董婆婆身体健康状况较差，患有高血压，还有多年的糖尿病，经常到王争艳所在的门诊找她看病。

有一次，董婆婆的病又发作了，但窗外却下着磅礴大雨。董婆婆的儿子还是顶着风雨陪着母亲像往常一样来到王争艳的门诊，王争艳看到董婆婆被大雨淋得湿透的衣服，赶快将她请到自己的工作间，将自己从家带来的衣服换在了董婆婆身上，然后才开始仔细检查病情。站在一旁的董婆婆儿子将这一切看在眼里，他将对王争艳的感激之情牢记在心里。

临床医生以有限的知识面临无限复杂的医疗任务，几乎每一个具体病例都是新的课题，学习不仅必要，而且是完全同工作统一的。

——张孝骞

这次病情检查结果还是老样子，高血压并发症，只需要开些降压药即可。他们临走的时候，王争艳突然说道，"要不这样吧，董婆婆年纪也这么大了，过来看一次病很累人的，尤其还是这样的下雨天。我把电话号码告诉你们，要是董婆婆突发有什么不舒服，可以随时联系我。"随即便在一张便条上写好号码递给了董婆婆。母子俩觉得找她看病都已是很麻烦她了，哪还能在休息的时候打扰呢？望着那张写了王争艳电话号码的便条，母子俩都激动得不知所措，还是儿子用双手感激地接过电话号码。没想到这电话号码还真成了董婆婆的急诊工具，且日后还成为了董婆婆咨询自己病情的重要渠道。

有一年冬天的午夜，董婆婆醒来突然感到呼吸很困难，上气不接下气，快要昏厥过去。隔壁房间的儿子听到动静，跑过来看到妈妈脸上痛苦的表情，着急得坐立不安，在房间里来来回回踱着步子。这时候，他突然想到了一个人——王争艳，可又犹豫了，这可是凌晨两点，忙碌了一天的王争艳难得好好休息一下，真不忍心打扰她。但董婆婆儿子听到母亲那越来越急促的呼吸声，还是拿起了话筒，拨通了王争艳的电话号码。

房间里突然变得格外安静，董婆婆儿子只感觉到了自己的心在紧张地跳动。电话嘟嘟地响了好长时间无人接听，他都准备放弃了，可就在这时，他听到了那熟悉而又温柔的声音。

"喂，是谁生病了吗……"王争艳职业性地问道，声音里略带着睡意。

"王医生，是我妈她……"董婆婆儿子有些忐忑不安地回答道。

"哦，是董婆婆呀，是不是又犯病了。"还没有等他说完，王争艳就听出声音来了。

王争艳在耐心地听完董婆婆儿子因紧张而语无伦次的描述后，告诉他："先让你妈深呼吸，全身放松，精神集中于慢呼气、慢吸气上，使呼吸柔和平缓，连续几次后就能恢复平静。等呼吸平稳了

作为一个医生，一举一动都要为病人负责，作为一名护士，一言一行都要从病人的利益出发。
　　　　　　　　　　　　　　　　　——林巧稚

就给她吃上次我开的那种药。如果还有什么问题再随时与我联系。"董婆婆儿子为此感动不已，一个医生能达到连休息时间也随时为病人服务的境界谈何容易。

从那以后，董婆婆只要身体一有毛病就会去找王争艳，就算后来王争艳因工作调动从汉口门诊到江岸门诊之间辗转着，董婆婆也一直是这样跟着王医生走。在长达二十年不断的辗转与追随中，董婆婆对王争艳的情感不仅仅是简单的病人对医生的需要，或许，还带着些亲人般的亲密。她说自己很庆幸碰到了这样一位好医生。

在王争艳的"粉丝"里，还有这样一位"铁杆粉丝"，是因为王争艳没有"名医"的架子而愿意找她看病。这位"粉丝"就是钱桂英，今年刚满64岁。钱桂英是一位高血脂、脂肪肝的患者。2006年，她在一个朋友的介绍下找到在老百姓眼里已经相当有名气的王争艳。第一次找王争艳看病，王争艳那质朴的看病作风深深地感动了钱桂英。

其实那一次，钱桂英只是身体出了点小毛病，但她还是被朋友带着来到王争艳的门诊处。第一次见面，她看到的就是王争艳那招牌式的笑容。原本只是小病，她也不准备说太多关于病痛方面的问题，还是王争艳先开口了，然后拿着各种仪器为钱桂英做了一次全面检查，同时细细询问钱桂英病痛情况、日常生活习惯、饮食结构等。就那么几句关切的话语，顿时让钱桂英心里踏实起来，对王争艳充满了好感。

然而更让钱桂英未曾想到的是，她临走的时候王争艳突然拉住她，"你等等，我根据你的病情写个注意事项，我怕你年纪大，爱忘事，还是记下为好。其实，高血压、高血脂这些慢性疾病只要平时多注意一下，尤其是在饮食方面，就可以有效缓解病情。"末了，王争艳将写好的注意事项清单塞给了钱桂英。

让她万万没有想到的是，一次常见的疾病检查，就花费了王争

我随时随地都是值班医生，无论是什么时候，无论在什么地方。

——林巧稚

艳半个小时的时间。后来钱桂英回忆起来，当时太过激动，似乎连"谢谢"都忘记了说。后来，凡是身边有朋友生病了需要医治，她也总是推荐他们去找王医生。因为她觉得，王医生是合格的医生，因为她是真正站在患者的立场来诊治疾病，找王争艳看病是件可以让人放心的事情。

迟来的医药费

有这样一个阶层，常常会受到王争艳的特别关照，那就是外来农民工阶层。很多时候，这是一个被视为弱势的群体。他们生活在这个城市，过着毫无保障的生活，甚至不敢生病。对于这个群体，王争艳除了开小处方外，还经常为他们垫钱。她说："我自己也不是富有阶层，我能理解他们生活的艰难，他们生活得真是太不容易了。"

有一天，王争艳早早地来到办公室。今天预约了很多病人，她需要提前来准备准备。

也许是离上班时间尚早，整个医院比平时安静了许多，尤其是门诊部。她低着头，一边思考着事情，一边快步往办公室走去。突然，一阵惊喜而紧促的叫喊声从不远处传来："王医生！王医生……"

王争艳被这突如其来的声音吓了一大跳，转过身，看了半天也没有看到人。

"王医生，在这里。"一个男人的声音越来越近。

王争艳朝着声音传来的方向找了半天，才看到一个农民工样子的男人一瘸一拐地向她走来。可能是来看病的吧，她赶紧朝那个男

今日的医生在治疗病人时，把病人的躯体和灵魂分开，是大错、特错。
——柏拉图

人的方向走去。

"你是来看病的？"王争艳看着他疑惑地问道。

"王医生，你不记得我了？昨天的事情……"农民工虽腿脚还缠着绷带，但他脸上却带着难以掩饰的兴奋神情。

王争艳望着农民工的神情就知道他不会是看病的，哪有人会如此兴高采烈地来看病？她更有些不解了，在脑子里快速地回忆昨天的事情。可昨天一天下来，看过太多的病人了，她现在对眼前的这个人是一点印象都没有了。

"哎，王医生，你咋就想不起我来了？我是昨天你帮我垫药费的那个病人呀？"农民工着急地用浓重的外地口音提醒道。

"垫药费，哦……"王争艳开始有点印象了，但到底垫了多少，还是想不起来。

"你的脚好些了吗？既然来了，我还是给你再检查一下吧，看看有没有发炎。走，我们到办公室去说吧。"王争艳正准备上前去扶农民工，却被他谢绝了。

"王医生，我今天是专门来感谢你的，脚上的伤好多了，皮外伤，好得快，就不麻烦你了。昨天真的是太谢谢你了……"农民工那被太阳晒得有些黝黑的脸上沟壑纵横，细小的汗珠从那些沟壑里沁了出来，看起来有些疲惫，但他的眼神却闪动着神采。一声"谢谢"，将一个农民工那颗真诚朴实的感恩之心展现得淋漓尽致。

"今天我一大早就赶了过来，在这里等了您大半天了，就是专门来还您昨天帮我垫上的那 10 元钱的。完了我还得回去。"农民工脸上挂着憨厚的笑容。边说着边从荷包里掏出一张用破布裹了一层又一层的 10 元钱，那张钱有些破旧了，上面浸满汗渍，可以想象，这张钱一定是在他捏在手里很久都舍不得用的。

这位农民工的行为给王争艳带来了一丝感动。

走的时候，农民工边走边回过头对王争艳说着："谢谢你啊，王医生，昨天要是没有你，我的伤都不知道会怎么样了。"

做人嘛，我有四点：一身正气、两袖清风、三餐温饱、四大皆空。

——裘法祖

想起昨天的经历，这位农民工就感到特别温暖，想到他从工地上摔下来的那一瞬间，他都感到背脊发凉。

前一天，这个农民工正在一个建筑工地上像往常一样干活。他提着一桶沉重的砂浆正准备往上爬，突然眼睛有些发黑，没有来得及看清楚脚下的情况，一脚踩到了架子的边沿，失去了重心，腿一滑，整个人就跟着掉了下去。

可能是连日来持续高强度的劳动，耗尽了他所有的体能才出现这样的状况吧。作为一般建筑工，靠的是体力，非常辛苦，一天做下来感到身子骨都快累散架了。在工地上做事，休息就意味着没有工钱。因此他从来没有舍得歇一歇，即使身体再吃不消也挺着天天上班，为的就是多拿点工钱养家糊口。

所以每到发工资的日子，是他最快乐的时刻。每次发了工资，他都会立即给家里寄回去。想象着家人收到他寄回去的钱的高兴样子，他所有的劳累与心酸都消失了。前两天发的工资，他在留下很少的零花钱后，基本是全部都寄回了老家。

就在他掉下去的那一瞬间，整个工地上响起一阵惊恐的尖叫声，"啊，快来人，有人从楼上掉下来了。"而这个农民工自己却在那一瞬间大脑几乎失去了意识，只听见他掉下来时巨大的声响。然后，看到工友们惊慌失措地从四面向他跑过来，有人在问："要紧吗？会不会有什么危险？"

有人在回答："目前看还好，幸好只是从低楼层掉下来的，又有东西帮他挡了一下，不然，可真就危险了。"

"看！是腿这里伤了，还在出血。"

……

直到过了几分钟了，农民工的意识才恢复过来。就在那时，一股钻心的疼痛从脚上袭来，痛得他额头直冒汗。他坐起来，看到伤口处的血一点一点地从腿里往外流，将他的裤脚都染红了一大片。工友们帮他掀开裤腿，鲜血淋漓。

做人要三乐：知足常乐，助人为乐，自得其乐。

——裘法祖

第二章 王争艳先进事迹

一位工友急忙招呼着大家，"快！送他到医院！"

这时，农民工在几个工友的搀扶下，慢慢支撑着站了起来，艰难地走了几步后，感觉没有什么大碍，可能就是小腿处受了些皮外伤。这才让现场的人松了一口气。

"我自己一个人去医院就行了，不耽误你们干活，帮我请一下假就行了。"农民工咬着牙对工友们说道。

于是，农民工拄着一根拐棍自己来到了离工地最近的金桥社区卫生服务中心。那天坐诊的医生正是王争艳。

当时，王争艳看到农民工腿上的伤血流不止，心也跟着一紧。赶忙从位子上起来，到门口将农民工扶了进去。

她认真地检查了农民工腿上的伤口，看有没有骨折现象，边查边问疼不疼。她很快得出结论："好在没有伤着别处，只是点外伤，赶紧去包扎一下伤口，我这就开个方子。"

没有到一会儿，农民工又回来了，似乎有些难言之隐，"王医生，我……"

"怎么，还有什么需要吗？"王争艳看到农民工有些难为情的神色，有些疑惑。

"王医生，您刚才给我开的那个药可以不要吗？我……"农民工都觉得自己开不了口了。

"哦，怎么回事？药肯定是必须吃的，这是消炎药，这么热的天气，你这个伤口又这么大，不吃消炎药伤口感染了就麻烦了。不然你这伤要很久才能好。"王争艳觉得有些纳闷。

"可我这次带的钱不够，尽管药费比我想象得少多了，说起来不怕您笑话，我进来的时候都还担心呢，这估计着最少也得要上百元吧，当时在医院门口我还犹豫了半天呢，都有些不敢进来了。结果才30元。但我现在身上所有的钱才20元，还差10元，所以……"

王争艳马上明白了农民工的意思，立即从口袋里掏出10元钱，递了过去，"快去交吧，药拿回去就马上吃啊，免得耽误了你的伤。"

医术不论高低，医德最是重要。医生在技术上有高低之分，但在医德上必须是高尚的。一个好的医生就应该做到急病人之所急，想病人之所想，把病人当作自己的亲人。
　　　　　　　　　　　　　　　　　　　　　　　——裘法祖

农民工接过钱，不知道是太过感动，还是过于内向，他接过钱就默默走了，连句道谢的话都没有说。

但令王争艳万万没有想到的是，这个农民工却在伤口还没有愈合的情况下，第二天一大早就专程赶来道谢和还钱。没有华丽的语言，但那皱巴巴的带着体温的 10 元钱，却表达了一位病人对一名医生最真诚的谢意和最崇高的敬意。

抢救病人是第一

穿着白大褂的医生往往被病人当成是上帝差遣到人间来治病救人的天使，他们纯洁、善良、富有爱心，时刻为病人着想，而王争艳就是这样的一位天使。无论在何种情况下，她最爱说的一句话就是"抢救病人是第一"。一句朴实的话，道出的却是"上医"的境界。她用天使般的善良，为病人带去温暖，带走疾苦，让他们重获新生。

1994 年，吕先生还是一名乙肝患者，在王争艳工作的医院住院治疗。有天晚上，吕先生突发心肌梗塞，心脏停止了跳动。值班护士见状后飞奔到当班的王争艳休息室，当时，王争艳只有一个念头，"救人！"于是边跑边对护士说："快进行人工呼吸。"

在一旁的某位家属担忧地说："可病人是乙肝病毒携带者。"

"抢救生命要紧。"王争艳斩钉截铁地回答道。

她三步并着两步地来到吕先生病床前，双手用力地摇着吕先生，并大声呼喊他，想看他是否还存在着意识。结果发现他毫无反应。接着她又用手指掐吕先生的眶上切迹，企图能使他苏醒过来，结果仍是没有任何反应，又观察到自主呼吸消失。这时，她对身边的工

治病必先识病，识病然后议药，药者所以胜病者也。识病，则千百药中任举一二种用之且通神；不识病，则歧多而用眩。

——喻昌

作人员说:"基本可以判定他心跳呼吸停止,现在我们马上进行人工呼吸来抢救,大家动作都迅速点!"王争艳马上开始了口对口呼吸和胸外按压。

事后,许多人都问王争艳:"你当时在做人工呼吸的时候就不怕被传染吗?"

王争艳笑了一笑,说:"作为一名医生,在那个时刻,还来得及考虑传染不传染吗?抢救病人是第一!"是啊,在她心里,病人永远是第一位,哪怕是关乎自己的健康和生命。正如她的同事说的那样,"像王医生这样子不顾一切抢救病人,没有多少人能做得到。"

在抢救病人的过程中,王争艳除了将自己的健康和生命置之度外以外,还会处处以病人的利益为重。患者王先生全家人为能遇到王争艳这样的医生而深感幸运,每每谈起王争艳,王先生的妻子就会热泪盈眶地说道:"没有王大夫,就没有我丈夫的命,我这个家就完了,去哪里找这么好的医生呀!"

十二年前,王先生患上了一种非常罕见的疾病,叫做"亚急性脊髓联合变性"。这是一种因营养或维生素缺乏引起的神经性病变,主要影响人体脊髓,尚属世界性医学难题,要住院及长期门诊治疗才能维持生命。当时,王先生和妻子看到医院的诊断结果及治疗方案后,都对生活失去了信心。王先生家上有年迈的双亲需要奉养,下有年幼的孩子需要抚育,自从王先生得了这个怪病后,双腿变得软弱无力,无法像常人一样站立。这不仅让王先生完全失去劳动能力,还得需要有人专门来照顾他。全家人现在唯一的经济来源就是妻子每月那点微薄的工资,那点钱连全家人基本的生活都无法保障,哪还有另外的钱来让王先生长期治疗。

夫医者,非仁爱之士,不可托也;非聪明理达,不可任也;非廉洁淳良,不可信也。

——杨泉

听到这个治疗方案后，夫妻俩都彻夜流泪，住院吧，就算可以用医保卡支付，但家里是再也拿不出医保里需要病人自己出钱的那部分了，找亲戚朋友借钱也是需要还的。不住院吧，那就等于放弃治疗。就在夫妻俩极度为难的时候，有人将他们推荐给了当时正在汉口医院汉口门诊工作的王争艳。王争艳的出现，重新燃起了他们最后的一丝希望。

王争艳在详细地听完夫妻俩对病情的叙说后，急忙劝阻道："这病还没有开始治疗呢，怎么就不抱有信心呢？只要还有一丝希望，就要坚持治疗下去。我们来一起想办法。"她从来不会让病人轻易地放弃治疗。

王先生的妻子近乎哀求道："王医生，您可一定要帮我们想想办法啊，这病可不是一般的病啊，其他医生说这个病需要长期住院才行，要是住院一段时间可以治好，我们或许可以坚持一下，可这要是长期住院下去，我们这一家人就没有办法生活下去了啊。"

王争艳一听，才意识到他们的情况比她想象的要复杂得多。于是提议在详细地了解王先生的病情后，再寻找一个更适合他们家庭经济状况的治疗方式。

那段时间，王争艳正好在武汉市同济医院肾内科进修，经常发现一些需要长期住院才能治愈的病种。对此，王争艳始终在想的一个问题是，针对这种需要长期住院治疗的病情，怎么在降低治疗费用的同时，又能达到很好的治疗效果？可这实在是不能两全的事情。她也有些束手无策起来。

最后，在综合分析完王先生的病情后，王争艳制定了一套详尽的治疗方案。"现在当务之急是先抢救病人。"可王先生的妻子一听又开始急了，"王医生，这病不是一天两天就能医治好的，这一抢救要抢救到什么时候？"

"放心，不会很长时间的，等病情一缓解就回家治疗。"王争艳赶紧解释道。

世无良医，枉死者半，此言非虚。

——孙思邈

> **王争艳心语**
>
> 患者的主诉非常重要，因为患者最了解他病情的表现，我们医生在做诊断的时候，一定要把患者放在主体位置，不能简简单单依据自己的经验，有时会造成误诊。

"那回家后怎么办呢？"王先生妻子似乎开始有了希望。

"回家后就采取药物治疗的方式慢慢调理，我已经开了一个处方，都是些便宜药，到时候你们拿着处方到外面的药店就可以买得到了。我算了算，每月的花销应该会在你们的承受范围之内。"

"王医生，真是太让您费心了，那这样就好了，我担心的就是这个呀，要是药很贵的话，长期吃下去我们也是没有办法承受的。"王先生妻子的声音都开始哽咽了。

"还有，我另外给你们写了一个食疗的处方，就按照我写的给他搭配着吃，对病人身体有好处的。"王争艳边说着边将两个处方交到王先生妻子的手里。

王先生妻子用颤抖的双手接过处方，她对王争艳的感激之情已无法用言语来表达。两张小小的处方，折射出的却是一个医生一切以病人利益为重的崇高精神，急病人之所急的仁爱之心。

就靠这两张小处方，王先生顺利度过了第十二个年头，这已算是创造了生命的奇迹。在这十二年里，王争艳还时常充当王先生的急诊医生，不管是出了什么问题，只要是王先生需要，她都会在第一时间内想办法帮他解决，有时候哪怕是三更半夜。

因为有关爱，王先生的生命才会延续到现在；因为有关爱，这个家才充满了希望和温暖。对于这样的恩情，王先生妻子只有用无声的泪水来表达无尽的感激之情。

身如逆流船，心比铁石坚，望父全儿志，至死不怕难。

——李时珍

社区里医术高明的医生

谈到王争艳，大家印象最深刻的或许就是她的"小处方"。但作为一名医生，真正折服病人的不仅仅是小处方，而是小处方背后展现出的精湛的医术。王争艳用"视、触、叩、听"的传统医学诊断方式，去践行作为一名医生应承担起的救死扶伤的神圣使命。她恪守着医者的本分，怀着对医学无比敬畏，对自己医术无比自信的心，在社区医院这样一个小小的舞台上，将她那精湛的医术发挥到极致。

刘先生说："王医生真是神啊，她只摸了摸我的肚子就诊断出病因了。"这是王争艳在治好他多年不愈的疾病后，他经常对别人说起的一句话。

刘先生是黄陂的一名农民，家境本来就不算宽裕，每年除了种得的粮食能自给自足外，唯一的经济来源就是家里养的几头牛和几头猪，变卖后的钱也只能是勉强维持一家人基本的生活。雪上加霜的是他得了一种古怪的病，这种病让他整个人莫名其妙地越来越瘦，基本上失去了劳动能力，但身体上除了经常腹泻外没有其他很明显的症状。为治疗这病，每年需要花费好几千元，一家人的生活也因此陷入更加贫困的境地。

刚开始的时候，刘先生以为自己只是患了常见的腹泻病。只要肚子一痛，他就跑到药店去买几包止泻药回来吃，有时候也还能管上一段时间，但腹泻的情况还是经常发生。后来他又开始怀疑自己是不是得了肠炎，并专程到武汉的一家大医院去检查，结果也不是。

医可为而不可为，必天资敏悟，读万卷书，而后可以济世。不然，鲜有不杀人者，是以药饵为刀刃也。吾死，子孙慎勿轻言医！

——孙思邈

几年间，他的体重呈现快速下降趋势，身体越来越瘦。

为了治好这消瘦病，刘先生开始了漫长的求医之旅。他先后多次到武汉的大型医院做过检查，有的医生怀疑是消化系统的疾病，检查结果却与之不相符；更多的医生怀疑是甲亢，他也服用过许多与之相关的药物，但最终的检查结果却不是甲亢。在这四处求医过程中，他甚至还找过乡野里的"赤脚医生"看过，但都无济于事。这让他感到越来越没有希望，甚至怀疑自己是不是得了什么不治之症。

刘先生除了精神上背上了沉重的负担外，经济上的负担也越来越重，为了给他治病，家里那仅有的一点点积蓄早已花光了，而且还负债累累。有一次，他到武汉一家大型医院，希望将自己的病因彻底地检查明白，除了做全身体检外，还做了一些特殊检查。那一次仅检查费就花了一千多元，结果还是令他们全家人感到失望。刘先生更是对自己的病情感到绝望了。

经历过几年毫无结果的就诊后，刘先生越发对治好自己的病灰心起来，他甚至开始拒绝再去看病了。家里人给他做工作，都被他骂了回去，"我不检查了，查了这么多年还是没有结果，还有什么看头！还不是浪费钱的事情。"

刘先生是放弃治疗了，但他的家人却不曾放弃，就算是疑难杂症，也应该有个明确的说法啊。更何况现在医学如此发达，怎么可能查不出个所以然呢？所以还是四处托人帮忙打听。一位亲友得知后，便告诉刘先生的家人，他们曾结识过一位医术比较高明的医生，听说很多别的医生检查不出的病都被她检查出来了。这个消息让濒临绝望的一家人又看到了一丝希望。但刘先生仍是不答应去，"有什么好去检查的，还不是会花一大笔钱，什么问题都查不出来。"那位亲友听到这句话后，回答道："王医生不是那样的人，她都是坚持给病人开小处方的，你反正先去看看嘛，不做检查不就行了吗？光看病又花不了什么钱。"

世有愚者，读方三年，便谓天下无病可治；及治病三年，乃知天下无方可用。故学者必须博极医源，精勤不倦，不得道听途说，而言医道已了，深自误哉！

——孙思邈

家人在劝了刘先生数次后，他才来到了王争艳所在的门诊部。刘先生见到王争艳的第一句话就是："王医生，那些价格很贵的检查就别做了，我都检查三四年了，钱是花了很多，但这病是怎么都检查不出来。再做检查花费不起啊。"

　　王争艳听后笑了，"放心吧，没有查出个大致病情出来，我不会随便就让你做那些特殊检查的。现在只是先给你做个基础检查。"

　　"还是要检查？"刘先生一听到"检查"二字心里凉了一截。

　　"不要钱的检查。"王争艳笑着补充道。

　　原来王争艳所说的检查就是用双手摸。她足足在刘先生的肚子上摸了十来分钟，边摸边问是否有疼痛感。检查完后，王争艳心里有了一个初步的答案。接着才要求刘先生把以前做过的检查结果拿给她看。刘先生把以前的检查结果全拿了出来，放在桌上，堆起来厚厚的一大摞。王争艳一张张地翻阅着，也在快速地思考着，并结合她多年的临床经验和理论知识进行综合分析，她开始一个个地排除之前的诊断。看完所有的检查结果后，心里面基本上已有一个确定的答案。

　　于是，她开始询问刘先生。

　　"你平时有没有经常拉肚子的症状？"

　　"嗯，是呀，王医生，这毛病都好几年了，我以为可能是日常饮食不良引起的小毛病，也没有太当回事。而且自从那次我发现大便上带血后我才开始重视起来，才开始上医院治疗。"刘先生急忙解释道。

　　"哦……"王争艳看了看刚才的检查结果，再结合刘先生的回答，似乎找到了诊断结果的证据。

　　"你可能患有血吸虫病，这是导致你消瘦的根源。"

　　此话一出，在场的人都惊讶万分，刘先生更是觉得有些不可思议，"血吸虫病？这是什么病啊？小时候听别人说过。医生你又没有做检查，只是摸了一下，怎么就判断出是这个病呢？"刘先生还

医道，古称仙道也，原为活人。今世之医，多不知此义，每于富者用心，贫者忽略，此固医者之恒情，殆非仁术也。以余论之，医乃生死所寄，责任匪轻，岂可因其贫富而我为厚薄哉？
　　　　　　　　　　　　　　——龚廷贤

是有些半信半疑。

"你得这个病估计有十来年了吧，这血吸虫呀一直寄生在你的身体内，破坏了你的肠壁和肝脏，可能还会导致你的肠壁出现溃烂。我刚才摸了摸你肚子，发现你腹部有些胀大，可能里面有些腹水。这都会导致你枯瘦。"

"十几年前的病您怎么就晓得的？您能不能确定啊？"刘先生接着问道。

刘先生这一问倒还真让王争艳想起了十几年前，她确实曾遇到过像刘先生这样病情的一个患者，最后的诊断结果就是血吸虫病，这是一种传染病。王争艳是那种科普宣教意识极强的人，对于传染病，她总是喜欢告诉老百姓，在日常生活中的注意事项，她担心一般的老百姓没有传染性疾病预防和治疗的概念，即便是染上了传染性疾病也不太在意，直到身体受不了了才前往医院，可那时病情大多数就处于晚期了，想治疗就很困难。

所以，她有个习惯，凡是遇到像血吸虫病等这种易于传染的病种，她都会详细地记录下来，并特别留意这些病人的症状，然后去查阅相关的资料，直到自己诊断起来没有难处。这种方法也使得她的记忆更加深刻，所以她一见到刘先生的症状时就有种似曾相识的感觉。她怀疑刘先生曾生活在一个血吸虫病疫区，十几年前可能被患有这种病的牲畜或者人感染了，直到现在才发作。

为了打消患者的疑虑，王争艳还是建议刘先生到专科医院去做个有针对性的检查，这样才能最终确诊。结果正如王争艳判断的那样——刘先生消瘦病因是血吸虫作祟。

"王医生，你真神啊，我看了那么多家医院，都没有看出个所以然来，只有您，只是摸了摸我肚子就发现病因了。"刘先生感慨地说道，但他却不知王争艳在"这一摸"的背后所做的对医学孜孜以求的努力和付出。在王争艳的建议与治疗下，刘先生的身体一天比一天好起来。

无论至于何处，遇男或女，贵人及奴婢，我之唯一目的，为病家谋幸福。
——希波克拉底

患者马女士的经历跟刘先生差不多，也是在王争艳的帮助下才治好了长达好几年的咳嗽病。对于王争艳，她一直有些内疚，因为当初她正是在王争艳苦口婆心的劝导下才接受治疗的，不然，她到现在还是一个整日咳咳吐吐的病人。

2009 年，墨西哥、美国等多国接连暴发大型甲型 H1N1 流感疫情，导致全球一片恐慌，很快疫情便传到了中国。很不幸的是，马女士便在这次"甲流"疫情中成为了一名轻症患者。由于对这样的新疫情不是很了解，她生怕病情加重，随时都会死亡，感觉比得了癌症还恐惧。那段日子，对马女士来说，生活失去了色彩。

当时，马女士正好在王争艳所在的汉口医院金桥社区卫生服务中心治疗，作为"甲流"轻微病人，都需要采取居家隔离治疗。看着一同隔离的病友都病愈解除隔离，只有她还是跟刚发病时一样，整夜没完没了地咳嗽。虽病情没有加重，但也不见好转。她对自己的病情渐渐失去了耐心。

在隔离治疗了一个多星期后，马女士告诉医生她想解除隔离。她觉得既然无法治好，那还不如不治，因为隔离治疗给她的生活也带来了很多不便，她急切想着解除隔离。她甚至开始怀疑医生的诊断来，不就是常见的咳嗽吗，有必要采取隔离的形式？

那天，刚好遇到王争艳，马女士就顺便将她的想法告诉了王争艳。"王医生，我觉得我不应该是甲流吧，要是甲流的话早就跟其他的病友一样解除隔离了，可是到现在我还是老样子，医生也没有给出明确的说法。让我整天耗在这里我真有些受不了了。"

当时，马女士的这句话就引起了王争艳的重视，她决定让马女士再进行一次彻底的检查。这一检查让王争艳开始怀疑起马女士的病因来，但为了确诊，她要求马女士作进一步的专项检查。没想到

病人已经够痛苦的了，作为医生，如果言语不亲切和蔼，不和颜悦色，那就是给病人心头加上又一痛苦。
———科歇尔

的是，王争艳的这一提议遭到马女士的强烈抵触。

"医生，怎么又要检查啊，都这么久了，还是没有检查出个结果来。"话语里充满埋怨。

而王争艳却笑着说："现在我就是想给你检查个结果出来，希望你能配合一下，现在只需要做个抽血化验就可以了。"

"王医生，还是算了，要是再检查不出来，那我还不是要继续被隔离着，简直是浪费时间！"马女士越说越激动。

"你不做检查我们就没有办法帮助你，去抽个血，结果很快就会出来的。"王争艳还是耐心地劝说道。

尽管王争艳再三劝说，马女士还是非常固执地拒绝了。这让王争艳也觉得是件很遗憾的事情。

马女士虽是停止治疗了，但王争艳仍是惦记着她的病情。她趁下班的时候，找到了马女士的联系方式，给马女士打了一个电话，还是希望她能再次到医院来一趟做一次抽血样检查。

"王医生，您就别费心了，我是再也不想进医院了。"当马女士接到王争艳电话的时候，言语里还流露出一丝抗拒。

"呵呵，我只是想问问你的病情好些了没有。"王争艳却先笑了。

"跟以前差不多吧。"

王争艳还是诚恳的征求马女士的意见："你看，你能不能抽点时间到医院来一次，我还是想给你做个检查……"

"算了吧，王医生，谢谢您，我看没有必要了。"没等王争艳说完，马女士就先挂断了电话。

尽管在电话里还是被马女士拒绝了，王争艳仍然不想放弃，因为她一直在怀疑马女士的病情，如果真是"甲流"的话，就像马女士说的那样，早该治疗好了。是否是别的病因引起的？所以她很想查个明白。

为此，她还专门调来了马女士在医院和居家隔离的治疗情况资料，开始研究分析起来。最后得出的是马女士咳嗽早期是"甲流"

护士的工作对象不是冷冰冰的石块、木头和纸片，而是有热血和生命的人类。

——南丁格尔

引起的，现在可能是并发症或其他病症引起的咳嗽。因为马女士咳嗽的临床症状是：夜间易发生阵发性的刺激性咳嗽，且咳嗽时有少量粘液痰不易咳出，咳嗽剧烈时伴有胸痛，且抗病毒和多种抗菌素无效，还发现痰里带有血。根据这些临床症状看来，应该是与肺部关系较大。

会不会是合并感染了支原体肺炎？但这一结论需要患者的检查结果来印证才行。于是她再一次拿起了话筒，拨通了马女士的电话，还是坚持要她上医院来一趟。

"王医生，我是真的没有时间去，也不想去了。"马女士虽然有些反感，但也开始被王争艳锲而不舍地说服行为感动起来。

"是这样的，如果你没有时间的话，我可以上门来为你检查。"作为一名社区医生，王争艳觉得很有必要上门去为马女士进行检查治疗。

"这……"马女士还是一百个不愿意，但一时也找不到借口来拒绝王争艳。

王争艳看她在电话里不说话，觉得有希望了，赶紧说道："我也是希望能将你治好。"

"关键是之前我钱也花了那么多，结果还是老样子，我不想再花冤枉钱了。"

王争艳一听，原来还有钱的因素，赶忙说道："你看这样好不好，我抽个时间到你家来，至于检查费用的问题，我愿意帮你垫付了，你看怎么样？"

这下，马女士再也找不到其他的借口了，只好在电话里答应了。

第二天，王争艳按约定的时间来到了马女士家，为她抽取了血样。化验结果正是肺部支原体感染。马女士拿到检查结果的时候，在对王争艳这样一位如此负责的医生感到敬佩的同时，更为自己的行为感到羞愧，要不是王争艳的坚持，后果真不敢想象。于是，第二天，马女士偷偷来到了金桥社区卫生服务中心的收费处，补交了检查费用。

护理工作是精细艺术中之最精细者，其中有一个原因就是护士必须具有一颗同情的心和一双愿意工作的手。　　　　　　——南丁格尔

在王争艳的患者中，还有一位同样是因王争艳的诊断，才得以脱离病痛的苦海。

60岁的王婆婆，家住后湖社区。退休后，本来应该开始幸福地安度晚年了，哪知突如其来的一次发烧，使她幸福的晚年生活笼罩上了一层阴影。

刚开始，王婆婆觉得像发烧这样的病是很常见的病，吃点退烧消炎的药应该就可以好的。结果是吃了一个疗程又一个疗程还是不见效。最后只得上医院，哪知医院也是看了好多家，病因仍是没有查清楚。这才引起了王婆婆的担忧。

全家人都四处帮她打听，后来，社区的一位邻居推荐王婆婆去找找王争艳试试看。王婆婆一听王争艳是一位社区医生就直摇头。"我到那么多大医院都看不好，一个社区医生哪能检查出来？"

那位邻居急忙说："我也是听别人说的，他之前也是在大医院没有医治好，找到王争艳却帮他治好了，而且花的钱也很少。你先去检查检查，检查出结果来了再说。"

"一个社区医院，检查设备怎么可能跟大医院比？"王婆婆还是觉得这不靠谱。

邻居又劝她："别人都说这家社区医院跟那些私人办的社区诊所不一样，这里都是汉口医院的一些专家专门进社区来为基层百姓治疗的，仪器什么的肯定有保证的。"

邻居也是一片好心，好意难却，抱着试试看的心态王婆婆来到了王争艳工作的社区诊室。

听完王婆婆的讲述后，王争艳就怀疑她这病不会是常见的发烧这般简单。按照日常的工作习惯，她先采用"视、触、叩、听"等方式初步诊断出个大致方向后，再才会用仪器检查进行确诊。王争艳在触摸王婆婆腹部的时候，发现了她里面长有一个包块。她初步判断可能长时间的发烧跟这包块有关系。于是建议王婆婆做一个CT检查。

我在人世的日子已经不长，所以我要赶紧多做点事情，医学上的新知识早一天获得，就可以早一天拯救无数受苦痛的人们。　——芬生

王婆婆拿到 CT 检查结果，来到王争艳的办公室，兴奋地告诉她："王医生啊，你的医术真的高明啊，就靠一双手都摸出了病因来的。结果确实是你说的那样。"

王婆婆的病因是脾脏有肿瘤性改变，导致了发烧症状。于是王争艳建议王婆婆转移到大医院进行手术治疗。正是由于王争艳的正确诊断，为王婆婆的治疗赢得了宝贵的手术时间。要是再延迟的话，估计肿瘤会恶化。

正是这样一位社区医生，靠她的一双手和那些传统的检测仪器，为患者解除了困扰他们很长时间的病痛。这样的一位医者，就像是一位春天的使者，让枯黄的草原上，又重新开始呈现勃勃生机的景象。她，是患者的福音。

"起死回生"的医生

在王争艳医治过的许多病人里，有过这样的例子，先是被别的医生诊断为疑似癌症病例，后被王争艳确诊为与癌症无关的其他病症。对症下药后，很快便痊愈了。于是，人们便称她为"起死回生"医生。"起死回生"原本就是对一个医生医术的高度赞扬，王争艳用她在名校学得的理论知识，结合多年的临床实践，用"上医之境"的节操，带给患者以健康和生命。而这，正是一名医生的魅力所在。

80多岁的费爹爹现在的身体非常健康，但又有谁能想到，在三年前，他以为自己成为了一名癌症患者，以为自己的生命就快要走到尽头。费爹爹说，"这一切，真是多亏了王争艳医生，要不是她呀，我估计早就被'莫须有'的癌症给吓死了。"

曾说"治病救人"，治了病就可以救人吗？可不一定，有的人得到了生命却失掉了幸福，好大夫要考虑全面，要为病人的幸福想办法。

——林巧稚

那段日子，对于费爹爹来说，算是最为灰色的一段日子吧，现在回忆起来都还有些心有余悸。

2008年3月，费爹爹无意中发现自己的腹部长了一个包块，用手触摸感觉很明显。原本就有高血压和心脑疾病的费爹爹非常在意自己身体里任何一个细小的变化。当发现这个包块的时候，他很担心，怀疑自己是否得了恶性肿瘤，尽管身体还未感到其他的病痛。

费爹爹越想越害怕，赶紧告诉了自己的家人。全家人也觉得是肿瘤的可能性比较大，还没有检查，全家人都开始着急起来。

第二天，费爹爹家人就将他送到最近的卫生院检查，检查结果果然如大家想象的那样，费爹爹有可能是患了腹主动脉瘤！在得到检查结果的那一刻，费爹爹的家人都悲伤不已，而费爹爹更是陷入了深深的绝望中。尤其是医生告诉家属的那些话："如果真是这个病的话你们就要及时治疗了，这病犹如体内的一颗定时炸弹，一旦破裂，死亡率高达50%～80%。"

费爹爹家人听到医生的这话后，都着急地问起来，"那这病可以治疗吗？"

"可以治疗，可以进行药物治疗，也可以进行手术治疗，如果药物治疗的话可能存在着突发病症，会有生命危险；如果手术治疗则相对来说要安全些，目前这种手术方式是运用得最多的治疗方式之一。"

接着医生将费爹爹的家人拉到一边，说："不管何种治疗方式，都存在着很大的风险，你们还是要做好各方面的准备。"

听到医生的话后全家人商议决定，还是先采取药物治疗，他们决定到另一家医院确诊后再选择治疗方式。

也就是那一次，费爹爹在家人的陪同下来到王争艳工作的武汉市汉口医院汉口门诊进行复诊。王争艳见到费爹爹时，他不断地唉声叹气，甚至有些不愿意配合她的检查。

"您哪里不舒服？"王争艳耐心地问道。

医学贵精，不精则害人匪细。 　　　　　　　　——徐春甫

"哪里都没有……"费爹爹连看都不愿看王争艳一眼。她感到奇怪起来。医治的病人多了，这样态度的病人也见得多了。她揣摩着费爹爹有可能是得了什么不太好医治的病，一般情况下病人都爱采取消极的态度来对待。对待这样的病人她就更多了份耐心。

"呵呵，没有地方出毛病是好事啊。"王争艳先笑了起来。

王争艳这一笑，费爹爹的心情在突然之间也开始变得轻松起来，于是便想到既然来了那就跟医生交流交流吧。这两天来他什么话都不想说，憋得实在是很难受。整天想着死亡怎么就那么快就要来临了？尽管自己得肿瘤已是一个不争的事实，那就是再检查，对自己来说无非是再次对他的生命进行死亡的宣判而已。那就只能接受现实，跟医生聊聊治疗情况吧。

"哎，我这么大年纪了，还来遭这种罪，你说我好好的，哪里病痛都没有，却突然得了肿瘤。"说着说着，费爹爹的眼眶都开始变红。

肿瘤？王争艳一听这个词，再看到费爹爹那异常的神情，不得不跟着紧张起来。赶忙问起费爹爹是怎么回事。

费爹爹家人将前两天在卫生院检查的病历拿出来递给王争艳，王争艳看了看病例上描写的病情及初步检查结果，心里面也跟着担忧起来。为了确诊，王争艳于是赶快拿出各项检查仪器开始检查起来。

王争艳通过听诊，发现费爹爹的身体没有异常反应。量血压也基本正常。又开始用手细心地触摸费爹爹腹部的肿块，越摸越感到不对劲。王争艳心里开始有些疑问了，但现在还不是下结论的时候。

为了进一步确诊，王争艳要求费爹爹做个胸片检查，并亲自带着费爹爹来到放射科做检查。两个小时后，王争艳拿到了胸片，结果让她更加疑惑，她开始怀疑"腹主动脉瘤"这个诊断结果，各项检查结果和检查指标都似乎跟腹主动脉瘤表现出的症状不相符。她开始进行推论，如果真的是"腹主动脉瘤"，应该会伴有血管杂音，

名医之治病，较之常医难也。知其难，则医者固宜慎之又慎。

——徐大春

但刚才通过听诊器听到的却是一切正常。

王争艳透过胸片的影像做了一个大胆的怀疑，肿块有可能不是肿瘤，或许是其他内脏，但至于是什么现在还不能确定，需要再次做个检查，专门针对腹部的检查。

王争艳急忙将她这一猜想告诉费爹爹和他的家人。在场的每一个人都惊讶得张大了嘴。费爹爹更是从板凳上倏地站了起来，走到王争艳跟前，紧紧地握着她的手说："医生，这可是不能开玩笑的，你再仔细查查看啊。"

王争艳告诉费爹爹，"通过目前的诊断，是可以排除肿瘤的可能性。但至于那肿块是什么，还需要进一步做个检查才能确定。"

"只要不是癌症就好了。"全家人都惊喜地围了上来

"那还需要做个什么检查才能最终确定？"一位家属紧跟着问了一句。

"做个简单的彩超检查就可以知道结果了。"看着全家人释放出的笑容，王争艳也跟着开心起来。

在彩超仪器显示屏上，可以清晰地看到那个"肿瘤"其实是胆囊。"彻底排除癌症！"王争艳语气坚定地说道。

接着王争艳给大家解释道："都是那个肿块惹的祸，其实那个肿块就是胆囊。"

"哦，真的？"费爹爹有些喜极而泣了。

"这应该不要紧吧？"费爹爹的家属紧跟着问了一句。

"呵呵，不要紧的，很快就能恢复的。"王争艳这算是给大家吃了颗定心丸了。

"哈哈，那就好了。"费爹爹好久不曾如此轻松地大笑过，这段时间以来，他仿佛在鬼门关前走了一回，并且对生活完全失去了希望，是王争艳将他从黑暗的深渊拉了回来。

在王争艳医治的病人里还有一位患者刘女士的经历跟费爹爹的遭遇基本相似，同样是先被诊断为癌症，后来被王争艳发现是其他

从事医药研究的人，一定要有一丝不苟的精神……纸上错一笔无干大雅，医理上错一着人命攸关。

——亨尔

病情，对症下药后，才得以完全康复。

刘女士那年刚好 34 岁，正是一个女人风华正茂的年龄，但却被诊断为肿瘤。从那之后，在她的世界里，生活一下子变得黯然失色。是王争艳的确诊，让她的生活重新恢复了色彩。

1990 年的刘女士有段时间老是发烧和咳嗽，起初，她以为是感冒，就随便在路边的药店买了点退烧和止咳的药，结果过了一个多星期不但未见好转，反而是越来越严重，低烧不断，整夜整夜地咳嗽。最后不得不到武汉一家大医院去进行检查。

当医生告诉她，她有可能得了"肺癌"！医生的话如同晴空霹雳，她差点当场晕厥过去。她拉着医生的手，不断哭着问："医生，这怎么可能呢？"

是呀，这怎么可能呢？在刘女士的心里，一次小小的感冒怎么就忽然变成了"肺癌"？不就是有些发烧和咳嗽吗？

对于大部分癌症患者来说，也许可怕的不是病痛本身，而是癌症背后那无形的心理折磨，在那漫漫无期的治疗过程中，不知道生命会不会就这样戛然而止，不敢去想未来。那种恐惧会摧毁一个人的意志，丧失对生活的期许。当时的刘女士也正经历着类似的折磨。

那段日子，她都不知道自己是怎么熬过来的，她躺在医院的病床上，终日以泪洗面。孩子尚未成年，这么小就失去了母爱，她想着自己突然离去后谁来照顾他。年轻的丈夫为了治好自己的病日夜忙碌着，家里也开始债台高筑。她的内心非常痛楚，在她情绪的影响下，整个家里都弥漫着悲观的气氛。

后来，考虑到医药费的因素，便转院来到当时的武汉铁路分局汉口医院呼吸内科住院，接诊的正是王争艳。而那一次的转院却改变了刘女士的整个人生。

王争艳心语

我只是尽医生的职责，病人回报的却是更加的良善和信任，他们的爱更大。

医人不得恃己所长，专心经略财物，但作救苦之心。

——孙思邈

这么多年过去了，刘女士还能回忆起当时的情景。那天，王争艳来到她的病床前，细心地询问她的病情，将她从上一个医院带过来的病历看了足足半个多小时。

连站在旁边的刘女士丈夫都感到有些奇怪，连忙问道："王医生，有什么问题吗？"

"嗯，是有些疑问。"

刘女士的丈夫心里一惊，不会是病情加重了吧，难道没有治愈的可能了？看着王争艳的表情，他开始有些站不住了。

刘女士的丈夫把王争艳拉出病房外，轻声问道："王医生，是病情发作了吗？难道……"声音都开始颤抖起来。

王争艳看到这神情马上打断他的话，"不要乱想啊，是好消息，我只是感觉她的症状有些像肺结核的症状。"

听到王争艳的这句话，刘女士的丈夫震惊得半天没缓过神来。

"我们还需要继续给她做些检查才能确诊。"王争艳说道。

无论如何，王争艳的怀疑都给刘女士丈夫带来了希望，只要有怀疑就说明还有一丝排除肺癌的可能，他连声对王争艳说着谢谢，接着快步走回病房，将这一消息告诉了躺在床上的妻子。

刘女士听后更是不敢相信，她从床上爬起来紧紧地抱着丈夫哭了起来。

当天，王争艳针对刘女士的临床表现，认为刘女士患肺结核的可能性较大，便要求她做个结核抗体和结核菌素的检查。正如王争艳判断的那样，结果抗体为阳性，结核菌素化验为强阳性，这一结果让刘女士对生活又开始充满希望。

根据多年的临床经验，王争艳知道，在肺部的疾病中，肺结核、肺癌这两类疾病很常见，治疗也较为困难。从发病症状来看，肺癌和肺结核有着一定的相似度，而且晚期肺结核也有转为疤痕癌的可能，一不小心，诊断时就容易将两者混淆，成为误诊病例。但两者还是有一定区别的。她根据刘女士的检查结果进行细细的分析，既

为医者，须绝驰骛利名之心，专博施救援之志。　　　——张杲

然结核抗体结核菌素为强阳性，那就说明肺结核的可能性很大。现在需要的是确定是什么类型的肺结核。

于是王争艳又带刘女士来到放射科做了一个胸透检查，同时还要求她到专科医院去做个专科检查。最后诊断结果确实如王争艳推断的那种，刘女士患了"粟粒性肺结核"。经过一段时间的针对性治疗后，刘女士很快就出院了。王争艳通过她精确的诊断，让刘女士及其家人获得了重生。

救活一个产妇、孕妇，就是救活了两个人。

——林巧稚

第三章　王争艳医德精神

　　改革开放以来，我国医疗卫生系统事业发展取得了巨大成果，然而在此过程中，由于极少数医务工作者在金钱、权力、名誉的诱惑下，丧失了应有的医德精神，给整个医疗卫生系统造成了不良影响。针对这一问题，武汉市医疗卫生系统加大了职业道德的建设力度，狠抓系统内医务人员的思想作风建设，并通过大力宣传系统内先进人物事迹等方式积极引导广大医务工作者树立优良医德精神。通过多年的努力，武汉市医疗卫生系统崇尚优良医德精神已蔚然成风，先后涌现出桂希恩、张应天、江泽熙、陈曼仙、董明娜、段逸群、赵苏、李荣春等一群具备优良医德精神、能忠实履行医生职责的好医生群体，王争艳也是其中一员。自1984年参加工作以来，王争艳二十几年如一日，用一件件平凡的小事诠释自己对希波克拉底誓言的捍卫，对儿时从医梦想及承诺的践行，对从医职业道德长期坚守的决心。二十余年里，她始终以患者为中心，用一个个鲜活的实例实践着自己对上医之术的探索，对上医之德的追求，对上医之境的理解。在王争艳身上，我们看到了"王争艳"们对传统的优良医德精神的传承；在王争艳身上，我们看到了武汉市医疗卫生系统为培育良好的医德土壤而取得的工作成果。并且由此，在王争艳身边，我们看到了一个个"王争艳"正在先后涌现出来。

　　医生要最好学、最谦虚、最客观、最冷静，才是好医生。

　　　　　　　　　　　　　　　　　　　——周恩来

第一节　王争艳的医德精神

大医精诚，厚德载物。王争艳作为一名党员，作为一名医生，在 26 年的从医生涯中，她始终坚持全心全意为人民服务的宗旨，坚守"让患者花最少的钱得到最好的治疗效果"的理念，时时处处为患者着想，在平凡的岗位上做出了极不平凡的光辉业绩，赢得了患者的爱戴、同行的尊敬和社会各界的广泛赞誉，展现了新时期共产党员的良好形象和医务工作者的崇高风范。从她 26 年的先进事迹中，我们看到了一个爱岗敬业、精益求精，爱民为民、尽心尽力，廉洁文明、自尊自爱，扎根基层、乐于奉献的"白衣天使"形象。

一、爱岗敬业、精益求精

作为裘老的一名学生，王争艳的医德精神在很大程度上受到了老师裘法祖院士的影响，也促成了王争艳爱岗敬业、精益求精的医德精神。

裘法祖从事外科医疗、教学、科研工作近 70 个春秋，对待工作一丝不苟、兢兢业业、无私奉献。尤其是对待每一次外科手术，他都是精益求精。

裘法祖在外科手术中，以严格的科学态度，针对不同的病情和患者的实际状况采取不同的手术方法，力求实现手术的高效率，使患者少痛苦。专家们评价裘法祖的手术"层次分明、定位准确、显露清晰、出血少、尽量减少组织损伤，操作稳、准、快、细"，在许多疑难复杂及再次手术中独具"绝招"，被公誉为"裘氏手术"。

一个医生就是为病人活着的，如果医生不为伤病员工作，他活着还有什么意义呢？

——白求恩

王争艳心语

很多时候，我看病开药时并没有总想到处方大小。而且，我感觉，看病的最高境界是没有处方。

之所以能够达到如此精湛的境界，除技术上的千锤百炼和丰富的经验积累以外，还在于他的敬业精神和永无止境的探索。正如裘法祖在《外科学》教材中所写："手术中要正确执行每一个操作步骤，尽量保护健康组织，若有粗疏，就会给患者带来痛苦，甚至严重损害患者健康。"他是这样写的，也是这样做的，在几十年的医学生涯中，他坚持以高度的责任心和救死扶伤的热情，谨慎细致地对待每一位患者和每一次外科手术。

"医学是实验科学"，王争艳秉承了裘法祖院士爱岗敬业、精益求精的医德精神，在理论和实践中不断摸索，积累经验，以消除患者疾病、痛苦为己任，刻苦钻研医疗技术，不断提高医疗业务水平，力争为患者提供更专业、更安全、更放心的医疗服务。

在王争艳不到五十平米的家里，摆满了很多书籍，这些书籍里，除了医学书籍外，还有心理学、伦理学、教育学和文学书籍。王争艳说："医生是和患者打交道的，与人打交道，就要全面了解人的心理，对于患者尤其如此，这样才可以更好地开导患者，患者心情好了，对他的康复也是有帮助的。"

在王争艳治疗过的患者中，有些人的病情很复杂，在诊治过程中或多或少会给她带来一定的困难或麻烦。但是王争艳面对这样的情况、面对这样的患者，从不退缩，力求准确地对患者的病情作出判断。在她的患者中有一位石婆婆，因双脚严重肿胀以致无法外出。王争艳不顾恶劣天气，到患者家中出诊。王争艳仔细地为石婆婆从头检查到脚，在检查到严重肿胀的双脚时，王争艳丝毫没有犹豫，只见她一个一个掰开老人的脚丫查看，平时连女儿都是因不忍臭味没给母亲洗过脚，而她却一点也不嫌弃！病情最终确诊，原来困扰婆婆多时、令她痛苦不堪的病根就是脚气。如果不是王争艳对

我很累，可是我想我好久没有这么快乐了。我心满意足。我在做我所要做的事情，我有重要工作，把我每分钟的时间都占据了。这里需要我。

——白求恩

技术精益求精，工作作风严谨，小小的脚气，可能仍会继续折磨石婆婆很多年。

作为一名社区卫生服务中心的医生，王争艳深知与大型医院相比，社区卫生服务中心缺少先进的疾病检查仪器；同时，来社区卫生服务中心看病的患者主要是经济条件一般的普通市民，无法承担过多的因仪器检查而产生的费用。在这样的情况下，社区医生必须尽可能通过传统的诊断方式来确定病情，减少不必要的仪器检查，这就对社区医生的个人医术提出了更高的要求。面对这样的高要求，王争艳总是在日常的工作过程中不断学习知识，不断总结经验，不断创新模式，不断提高自己的医术。给患者看病时，她始终坚持先靠自己的双手和简单的仪器，采用"视、触、叩、听"的方法诊断出个大致结果；只有确实需要仪器辅助诊断时，才使用先进的仪器进行确诊。此外，考虑到患者的经济条件，王争艳经常和同事一起探索新的治疗模式，力求用最少的钱来治好患者的病。

工作中的王争艳，有时候一天二十四小时回不了家。按照医院规定，医生中午休息不接诊，但王争艳只要中午有患者来，她都会接诊，有时候一顿饭刚吃着就放下，连续好几次，以致下午上班的时间到了，午饭仍没有吃完。

2009 年，王争艳被任命为汉口医院金桥社区卫生服务中心主任，上任不久正遇上甲型 H1N1 流感流行，社区卫生服务中心担负着为社区回国居民进行防控的任务。为了给社区居民的健康做好保障，五十多岁的王争艳再一次将自己的家安到了科室里。一连几天，她带着中心的医务人员们到机场接回社区的回国居民，还要承担每天的门诊接诊工作，患有高血压等多种疾病的她也因为多天的劳累而出现了大腿水肿的情况。

王争艳立足岗位、甘于平凡、勤勤恳恳、任劳任怨，满腔热情地为广大患者排忧解难，以实际行动践行着一个共产党员最崇高的理想信念。她严格要求、克己奉公，勤奋好学、精益求精，以精湛

我最喜欢人家称我傅医生，这使我特别感觉到我对人民健康所负的责任。
——傅连暲

的医术服务患者，赢得了患者的信任和爱戴，用实际行动诠释了"上医之境"。

二、爱民为民、尽心尽力

王争艳曾经说过："我们医生也都是有父母、有儿女的普通人，也都有可能会生病的，我们应该不让患者花冤枉钱，医生就应该对患者负责任。"王争艳之所以具备爱民为民、尽心尽力的医德精神，正是因为在她心中，自己不仅是一名医生，更是一名普通的人。

王争艳出生于医生家庭，父亲是军医，母亲是护士。在那个特殊的年代，生活曾经非常困苦，因此王争艳从小就对倍感艰辛的生活深有体会。"我懂得老百姓的艰辛，因为我就是他们中的一员。"这就是王争艳对自己的认识。

王争艳月基本收入 2300 元，丈夫是一名铁路临时车工，每月交完各种保险到手的工资只有 600 多元。一家 3 口长期"蜗居"在不到 50 平米的小屋，读大学的儿子在直不起腰的小阁楼上长到了 22 岁。王争艳说："我是怎么过日子，我的患者就是怎么过日子。高一点贵一点的药我下不了手。"26 年来，最初的不忍逐渐成为习惯，她的处方就像海绵里的水，越挤越干。或许王争艳可以做另外一种选择，靠开大处方过上好日子。然而，她的心，她"普通人"的身份，是不允许她成为那样一种人的。

王争艳常说："患者的主诉非常重要，因为患者最了解他病情的表现情况，我们医生在做诊断的时候，一定要把患者放在主体位置，不能简简单单依据自己的经验做诊断，那样有时会造成误诊。"几十年来，她对每一个来就诊的患者都会细心地了解病情，在她心中，听患者的主诉很重要，更是对患者的尊重。每一位患者，她都要认真地经过一番严格的"视、触、叩、听"，仔仔细细地听患者

我要像蚕一样，将最后一根丝都吐出来，贡献给国家，贡献给人民！

——林巧稚

的主诉，对症下药，从不让患者做多余的仪器检查。在王争艳身边，一副听诊器的橡皮管不知换了多少遍。

王争艳对待患者十分耐心，有的患者对自己的病情和服的药物不了解，她就认认真真地用患者能听懂的比较简单的话，不用医学术语，直到患者听懂为止，有时候为了向一个患者解释清楚，要花半个小时以上，但她从没有一点厌烦的表情，所以患者都喜欢她。

到王争艳这里看病的患者，她都会教他们数脉搏，嘱咐他们要按时复诊。因为王争艳的细致和耐心，患者们都很感动，所以依从性都很高，有利于患者更快更好康复。

"医生对患者的义务，一是尽量延长他们的生命，二是要提高他们的生活质量，避免他们疾病再次突发的可能，降低猝死率。"在工作中，王争艳主动把自己的电话号码留给患者，也记下患者的通信方式，并告诉他们要经常联系，要把她当朋友，病情有什么变化，及时告诉她，这样她才可以根据患者病情的发展情况，及时调药，将药物副作用降到最小。

为了给患者和医生更多的沟通时间，王争艳让患者自己做病历登记，需要量体温的患者在排队的过程中就把体温量了，尽量给患者更多的主诉时间，给患者更多解释病情的时间。此外，她还将一些服药规范、病情发展规律、生活方式的指导等编成顺口溜教给患者，从而指导患者更好的康复。

从医 26 年以来，王争艳用手为患者掏过大便，为乙肝病毒携带患者做过口对口的人工呼吸。平日里为病人开药，她总是把疾病是怎么发生、发展的，药有什么效果和副作用，讲得明明白白。每次开完处方，她还要一一交代患者回家后的衣食住行。因此，她的患者说："到王大夫这里看病，顺心，放心，安心！"

此外，因为部分病人经济条件较差，王争艳习惯了替人垫钱。几块钱的挂号费，十几块钱的药费，有拿不出的，她就垫。有趣的是，这些年来，王争艳垫出的钱很少有不回来的。

黄牛虽老，余力犹存，霜染鬓华，壮心愈迫。

——张香桐

世界上没有什么比爱与爱的呼应更幸福的了。王争艳说，她这么多年能坚持下来，全因为病人的爱。

王争艳始终关心患者的疾苦，视患者为亲人，处处想患者之所想、急患者之所急、解患者之所忧，把自己的全部精力投入到为人民健康服务的医疗卫生事业之中。王争艳时刻牢记全心全意为人民服务的宗旨，在群众"最急"上动真情，在群众"最盼"上下真功，努力营造和谐的医患关系。

三、廉洁文明、自尊自爱

在王争艳医德精神的形成过程中，父母的影响是很大的。王争艳曾经讲述过这样一个故事："在解放初期，我母亲家成分划的是地主，家里的老宅子被农民住了。前些年，政府把老家宅子的房产归还了我们，但母亲和我商量过以后，放弃了老家的房产，说现在谁住着就归谁。"谈到此，王争艳说："当时跟母亲商量，现在房子的住户，人家住得好好的，怎么能把人家赶走呢？钱这东西都是身外之物，生不带来，死不带走，多有多用，少有少用。只要我不愁吃，不愁穿，每天都快快乐乐的，我就知足了。知足常乐嘛，这几十年以来，我每天都吃得下、睡得香，我觉得我是个幸福的人。"可以看出，王争艳本就是个知足常乐的人，于是在工作中廉洁文明、自尊自爱就显得非常自然了。

王争艳豁达开朗，心态阳光，谁比她挣钱多，谁比她过得好，她没有常人的红眼病，都乐观其成。谁家的孩子生病了，都请她代班；哪个同事春节想回老家，她都主动顶上。

在王争艳的家中有别的家庭很难见到的"四大件"：第一件是电视，最新的一台是上世纪 90 年代生产的 17 寸 TCL 电视机；第二件是 2 米长的竹梯子，这是儿子用来爬阁楼用的；第三件是吊扇，

做医生、护士，就应该有一颗母亲的心，医生、护士应该是爱的化身。

——傅培彬

这比空调省钱多了，王争艳还准备把它挪下来，搬到新房里去；第四件是她们家的水磨石地砖，这个是上世纪 80 年代很多单位大厅里常用的那种地砖，中间是水磨石，周围一圈是玻璃，就是这样的地砖，还是王争艳夫妇和工人们一起亲手磨出来的。

汉口医院的同事们经常劝王争艳买房子，还主动提出借钱给她。面对同事们的关心，王争艳说，她不觉得自己清贫，以她现在的收入，不愁吃、不缺穿，上班救死扶伤，下班读书听音乐，生活有滋有味。她说别人住在小洋楼，一家人打个招呼还要楼上楼下跑，她们家小，动动嘴就能打招呼，亲热。

在从医生涯中，王争艳坚守着医务工作者的原则：廉洁行医，不求回报。患者送红包，她坚决不收，还经常真诚地对患者说："你如果爱护我，就不能这样，接了你的红包，不是对不起我这身白大褂吗？"患者送补品，她心疼患者身体不好，坚决要患者自己拿回去补身体；患者送锦旗，她嫌贵，从不让患者花这个钱，诊室里面惟一的一面锦旗，还是患者"先斩后奏"才挂上去的。

王争艳是一个简单的人。她的简单，在于摒弃了与看病无关的个人享受和人际交往。她曾说过，背街小巷里常有的"走过路过不要错过"的吆喝声，对她很有吸引力，别人可能会错过，但她不会。

以王争艳的工资，买几件好点的衣服还是完全可以承受的，但是她却常年穿着一些廉价的衣服，除了因为王争艳生活节俭外，还展示了王争艳作为女性特有的自信。"不以物喜、不以己悲"的那句老话，在王争艳的身上得到了验证。

2009 年 9 月 25 日，王争艳荣获武汉市民海选的"我心目中的好医生"荣誉称号，要去颁奖大会领奖。看她没有一套像样的衣服，同事们张罗着给她借了一套衣服。穿着别人的衣服，王争艳高高兴兴地走上领奖台。

王争艳是一个纯粹的人，她不计名利，对患者尽心尽责，始终坚持医生的职业操守，从来不让物欲玷污"大医精诚"和白衣天使

我不仅把工作当做责任，也当做一种乐趣。

——韦加宁

的良好社会形象。从医 26 年来，她坚持为群众提供安全、有效、价廉的医疗服务，坚守"让患者花最少的钱得到最好的治疗效果"的理念，坚持因病施治、对症治疗，千方百计减轻患者的医疗费用负担。只有付出，没有索取；只讲奉献，不求回报；甘于清贫，严于律己，始终做到一尘不染，干干净净做事，清清白白做人，实践和捍卫了医务工作者的圣洁和尊严。

四、扎根基层、乐于奉献

俗话说，人往高处走，水往低处流。王争艳做医生，却是一路"下沉"。30 岁大学毕业，她在武汉铁路分局汉口医院成为一名医生；做了 11 年的住院医师后，分别在医院下设的四个门诊站点担任医生，最后成为一名社区全科医生。而她的同年级同学，如今几乎个个是大医院的教授、专家，最高的已做到名牌医院的副院长。外人看着的"吃亏"，却是王争艳自己的不悔选择。就像 30 年前，她随军南下的父母，义无反顾地选择了洪湖那片最艰苦的土地；就像她在手术室工作的 O 型血的母亲，只要病人需要，就会挽起袖子为手术台上的病人输血；就像母亲常教导她的，十颗黄豆十人吃了十人香，要与人分享，要给予，给病人看病就是给予。理想、浪漫、善良的种子，是可以在血脉中延续的，因为那是一种心灵的快乐。"在基层医院做一个全科医生，能为各种病人解除痛苦，我很自豪！"王争艳开心地笑。

王争艳所在的汉口医院由于原来隶属铁路系统，线多面广，铁路沿线各个卫生所包括江岸院区、汉口院区，

王争艳心语

我在社区可有很大的"粉丝团"哦！看着大家对社区卫生服务中心从不信任到放心，看着病人从少到多，我特别有成就感。

知识有如人体血液一样宝贵。人缺少了血液，身体就要衰弱；人缺少了知识，头脑就要枯竭。

——高士其

还有院属金桥社区卫生服务中心等；而王争艳总是哪里辛苦奔到那里，活跃在医院的基层医疗一线。

作为一名基层医生，王争艳的收入每个月只有两千多元，这个收入水平还是近两年达到的（2009 年晋升副主任医师以后），住着49.5 平方米的铁路职工宿舍，她大学同学的收入和待遇都远远超过了她。远在南方的同学曾邀请她去那边工作，收入待遇要比现在高好几倍，但她没有答应，她说："在汉口医院工作了一辈子，医院给予我很多荣誉，我很感激组织对我的培养。虽然这里待遇不高，工作也忙，但同事们对我很好，患者们都很信任我，我很开心，感到很满足，特有成就感，我已经离不开这里了。"几十年来，王争艳虽然不能像她的同学那样富足，但她却感觉自己是踏实幸福的。

"我觉得我适合在基层工作，而且我也喜欢直接面对病人，我内儿妇科样样都可以，很适合基层。"谈到自己的技术，王争艳颇为自信。

汉口医院汉口院区刚刚组建的时候，周边的群众对这个突然降临的医疗机构很陌生，医院一时效益较差。为克服困难，王争艳主动请缨，从效益较好的江岸院区调到了汉口院区，她带领同事们晚上和周末在附近的居民小区开展健康课堂，邀请居民们来听课。

"她给病人讲课，特别注意现场互动，王医生常给我们讲，医生就是要切实解决他们存在的健康问题才行，每次现场气氛都很热烈。"曾经和王争艳一起共事的朱丽娜主任回忆说。

经过王争艳和同事们的努力，汉口院区在周边群众心目中树立了良好的口碑，每次他们身体不舒服，就来这里就诊。

为了发挥大医院办社区卫生服务中心的优势，医院选派了多位具有高级技术职称的专家到下属的金桥社区卫生服务中心坐诊。"我觉得我适合在基层工作，而且我也愿意作为全科医生为社区居民服务。"2006 年王争艳就主动申请，到金桥社区卫生服务中心工作。到社区卫生服务中心后，王争艳身先士卒，一方面带领医务工作者

一个医生，只要活着，就不能忘记伤病员。

——柯棣华

深入社区居民家中送诊送药，一方面坚持每天坐诊，为社区患者看病诊疗。

"社区服务，是医疗工作的桥头堡，是第一站，很重要，我们国家提出的新型医保政策，也很重视社区的医疗建设，这对促稳定、保发展很有帮助。"坐在金桥社区卫生服务中心办公桌前的王争艳感到责任重大。

王争艳刚到金桥社区卫生服务中心时，有位被告诫需终生服药的高血压病患者来做检查，认真检查后王争艳判断可能不是高血压病，而是肾上腺肿瘤，就赶紧劝告病人去较大的医院做检查，如果是肿瘤就切掉，不用长时间吃药。病人去大医院检查，果然是肾上腺肿瘤。后来这位病人经常说："想不到我们社区服务中心也有医术如此高明的医生！"

王争艳为了医院的发展，为了周边群众的健康可谓尽心尽力。除了做好自己的本职工作外，王争艳还努力给年轻医生提供医学技术上的帮助，由于这么多年来她坚持学习，加上丰富的临床经验，很多年轻医生都乐于向她请教问题。每每此时，王争艳就耐心进行讲解，尽自己最大的努力给他们提供指导。

"王医生给我们讲技术毫无保留，直到我们真正听懂为止，而且一点也没有老医生的架子，我们遇到问题都向她请教，进步很快。"一位见习医生对媒体说。

谈到自己对年轻医生的帮助，王争艳满脸笑意，"这可能是因为我喜欢当老师吧，还在大学的时候，我本来想继续读研读博，认真做科研，后来由于身体原因不得不放弃了这条路，但我还是喜欢讲东西。自学的知识怎么样证明自己学会了呢，那只有把它讲出来，只有你能清清楚楚地给别人解释清楚，这才说明你真正掌握了，而且其他人听了你的讲解，有不懂的还会来问你，这样也促进了自己的学习，我觉得这样很好。"

作为武汉医学院的医学本科毕业生，王争艳长期安心在基层医

救死扶伤，解除病人痛苦，维护病人健康，是医务工作者的神圣职责。医务工作者除了要有过硬的业务技术外，更要有一颗全心全意为人民服务的心，这是基本的、必备的条件。

——张孝骞

疗机构工作。她多次放弃高薪岗位的聘请，扎根社区，坚守清贫，坚持把给患者治好病作为自己的最大追求，把给基层群众带来健康作为自己的快乐和享受。在社会的大爱与个人追求之间，她选择了大爱；在个人利益与他人幸福之间，她放弃了个人名利。在

扎根基层、乐于奉献的工作过程中，她实现了人生价值。

第二节　王争艳医德精神对传统的继承

我国有着悠久而优秀的传统医德，它吸取了中国传统文化之精华，博大精深。古代民间医生董奉，热心为百姓医伤治病，不计报酬，其美名在民众中广为传颂，凡有感谢者，则让其在山中种杏树。数年后，杏树繁茂成林，后人遂将医学界及其美德称之为"杏林"，许多杏林佳话在世间历代流传，"杏林美德"在中国医学界不断发扬光大，并成为行医的基本准则和道德标准。这些道德标准在王争艳的医德精神中得以继承，从某种程度上说，这些基本准则和道德标准正是王争艳医德精神的根源所在。

一、我国传统医德思想的研究

在我国医学史上，很早就开始将医德作为学术思想进行系统研究。《黄帝内经》是我国医学宝库中现存成书最早的一部医学典籍，成书于 2000 多年前，它总结了西汉以前的医学伦理思想与实践经

一个医生必须有音乐家的耳朵，戏剧家的嘴巴。在病人痛楚时，能用精确的听觉去辨别病情，用明快的语言消除疑虑，安抚病人，减轻病人的痛苦。
　　　　　　　　　　　　　　　　　　　　——罗生特

验，不但确立了我国古代医学理论体系的雏形，而且标志着我国传统医德的初步形成。如《灵枢·师传篇》专门论述了医生的责任和良心；《疏五过篇》将五种行医过失列举了出来，并指出了医生必须具备四方面的医德；《素问·征四失篇》专门论述了医生在临床诊疗中易犯的四种失误，以戒示医生。这几篇关于医德的专论，成为后世医生的必修课。

《帝王世纪》记载："伏羲氏……画八卦……乃尝味百药而针九针，以拯夭枉焉。"《淮南子·修务训》中记载："神农氏……尝百草之滋味，水泉之甘苦，令民知所避就。当此之时，一日而遇七十毒。"在这些粗浅的防病治病的方法中，就已蕴藏着朴素的"仁爱救人"的医德思想，古人已初步认识医学的目的是为了"以拯夭枉"、"令民知所避就"，即医学的目的是为了拯救人命，为了使人了解药物对人的利弊。

孙思邈的《千金要方》和《千金翼方》，而且进一步发展了我国古代的医德思想并使之逐渐系统化，形成了一个较为完整的体系。特别在其著作中的"大医精诚"和"大医习业"两篇中，较为全面地论述了学医的目的、献身精神、服务态度、学习态度、品德修养等医德问题。他强调医家必须具备"精"和"诚"。"精"指精湛的医术；"诚"指高尚的医德。他明确指出学医人首先要有仁爱的"大慈恻隐之心"、"好生之德"，对病人要"普同一等"、"一心赴救"。只有具备"精"和"诚"的医家才是"大医"，即高尚而优秀的医家。

刘完素在《保命集·原道论》中说："主性命者在乎人，去性命者亦在乎人，养性命者亦在乎人，何则修短寿夭皆自人为。"从中阐明了人自己可以掌握自己的命运，而不是由"天数命定"的道理。这种尊重人的尊严、尊重人的价值的思想就是人道主义精神，也是医学人道主义的一个新发展。

喻昌（约 1585—1664 年）所著的《医门法律》一书，在书的"治病"篇中较为详细地论述了医生应遵守的职业道德原则和规范。

医生不能光用药物来治病。在病人最痛苦的时候，医生一定要出现在他的面前。

——白求恩

该书突破了过去医家用"五戒""十要"等箴言式的说教方法论述至德原则的传统，而以临床四诊、八纲辨证论治的法则作为医门的"法"，从临床诊治疾病时易犯的错误中提出的禁例作为医门的"律"，两者结合称为"医门法律"。这种把医德寓于医疗实践之中的论述，被后人称为"临床伦理学"，这在我国医德史上又是一次重大的突破。

二、我国传统优良医德思想

我国传统医德思想注重医德和医术的统一、医德规范与医德实践相结合；强调主体的道德修养；强调天人合一，人际关系和谐，讲究中庸之道；受儒家思想影响较深，儒家伦理道德对中国古代医德起着支配作用。具体来说，我国传统医德思想有以下主要内容：

（一）"医乃仁术"的行医宗旨

"医乃仁术"意为医学是施行仁道主义的术业，它是儒家的仁义与医学本质的完美结合。我国儒家文化一直强调要"先知儒理"，"方知医理"。"儒医"代表了一般伦理学与医学密切结合的结果，仁既是一般伦理学的核心，也是医学伦理学的核心。《孟子·梁惠王上》称："无伤也，是乃仁术也。"历代医家皆以"医乃仁术"为行医宗旨、为医德的基本原则。唐代名医孙思邈强调医生必须"先发大慈恻隐之心，誓愿普救含灵之苦"。明代龚廷贤在《万病回春》中的"医家十要"篇中说："一存仁心……二通儒道……三通脉理……

医生掌握的是病人的生命，要以济世救人为主旨，尽自己所能及的技术，想方设法解除病人的痛苦，是医生的天职。　　——赵炳南

四识病原……十勿重利。"明代陈实功《外科正宗》中的"医家五戒十要"篇中，提出第一"要"为：先知儒理，然后方知医理。"医乃仁术"的命题即使在今天仍具有重要现实意义，它提示医学在任何时候都要坚持以人为本，要做到"仁"与"医"相结合，医患相互合作。

（二）"普同一等"的行医原则

古代医家从"仁爱救人"、"医乃仁术"的道德观念出发，强调对病人一视同仁，"普同一等"，"一心赴救"。孙思邈提出：作为一个医生要做到"若有疾厄来求救者，不得问其贵贱贫富，长幼妍媸，怨亲善友，华夷愚智，普同一等，皆如至亲之想。"明代医生闵自成仁而好施，丐者盈门一一应之不厌。医生赵梦弼赴人之急百里之外，中夜叩门，无不应者，七八十岁时"犹救以往"。朱丹溪是金元时期四大医家之一。他行医时，"四方以疾迎候者，无虚日"，先生"无不即往，虽雨雪载途，亦不为止"。仆人告痛，先生谕之曰："病者度刻如岁，而欲自逸耶？""窭人求药无不与，不求其偿，其困厄无告者，不待其招，注药往起之，虽百里之远，弗惮也。"宋代医生张柄，治病救人"无问贵贱，有谒必往视之"。元末明初的名医刘勉曾任太医，在他一生的医疗实践中，把"不分贵贱，一视同仁"作为自己的信条。他常说，"富者我不贪其财，贫者我不厌其求。"在等级森严的封建社会，人的道德地位是分等级的。我国古代医家这种崇尚把患者当作亲人式的医患关系的优良医风是十分可贵的。

（三）重义轻利的道德观

传说"三国"时期江西名医董奉隐居庐山，居山不种田，日为

仪表端正，和蔼可亲，主动周到，不仅是一般服务态度问题，而且是临床工作的需要。因为良好的医德，是赢得病人信任和协作的必要条件。

——张孝骞

人治病，亦不取钱，重病愈者，使栽杏五株，轻者一株，如此数载，得十万余株，郁然成林，并以每年所收之杏，资助求医的穷人。至今医界仍流传着"杏林春暖"的佳话，以赞扬医生的美德。明代医生潘文元医术高明，行医施药从不计报酬。他虽行医 30 年，但仍贫得几乎没有土地。他死后，当

王争艳心语

我的病人都是辖区内收入不高的普通居民，我本来就是他们中的一分子，开高一点贵一点的药，我下不了手。

地百姓万人空巷为他送葬，以表示哀悼和永远怀念。"杏林春暖"的佳话和"万人空巷"的传说代表了我国古代典型的重义轻利的道德观。

（四） 清廉正派的行医作风

我国古代医家清廉正派的事例不胜枚举。如《小儿卫生总微论方》的医书中，就强调医生要品行端正，医风正派。明代陈实功在《医家五戒十要》的"五戒"的二戒中规定：凡视妇女及孀尼僧人等，必候侍者在旁，然后入房诊视，倘旁无伴，不可自看。张杲在《医说》中记载："北宋宣和年间的医家何澄，有一次为一患病缠年而百医不愈的士人诊治，其妻因丈夫抱病日久典卖殆尽，无以供医药，愿以身相酬。何澄当即正色说：娘子何为此言！但放心，当为调治取效，切勿以此相污！"这士人在何澄的精心治疗下终于获得痊愈。何澄的这种高尚的道德情操，一直为世代传颂。

（五） 尊重同道的谦虚品德

孙思邈在其名著《大医精诚》篇中论述了医生与同行之间的关系："夫为医之法，不得多语调笑，谈谑喧哗，道说是非，议论人

我下定决心，要努力学好医术，毕业后到农村去，为广大群众治病，这就是我学医的最终目的。

——邵小利

物。炫耀声名，訾毁诸医，自矜己德。"陈实功所著《医家五戒十要》中倡议："凡乡井同道之士……年尊者恭敬之，有学者师事之，骄傲者逊让之，不及者荐拔之。"他的同行范凤翼在《外科正宗》序中写道："我的同行陈实功君从来胸怀坦荡，仁爱不矜，表现了同业之间互相敬重，虚心好学的品德。"金元四大家中的养阴派首创人朱震亨（又名朱丹溪）曾为一患结核病的女子治病，病将愈，但其颊上有两个红点不消。朱丹溪实无他法可医，于是他亲笔写信让病人家人请江苏省的葛可久治疗，果然患者得以彻底痊愈。这些事例，感人至深，发人深省。

> **王争艳心语**
>
> 以前是公费，铁路局拨款，就是以最小的代价给他（病人）治好病，那是一种集体的行为，集体的坚守。后来从铁路剥离出来，走向市场，这个时候很多人眼睛就花了，我还是没变，我还是原来（一样）。

（六）注重道德的自律和修养

《黄帝内经》作为我国第一部医学典籍，它标志着祖国医学理论体系的初步形成，是我国医学和医德教育方面的早期重要论著。孙思邈作为一个被历代医家所推崇的"精诚大医"，他十分重视道德的自律和修养。他少年时代因病而学医，以毕生精力致力于医药学研究。隋唐两帝曾多次召其做官，他拒而不受，终身为民除疾治病。他为解除麻疯病人痛苦，竟带600余名患者同住深山老林，不怕传染，亲自看护，精心医治，详细记录病情变化和治疗过程，对病人"莫不一一亲自扶养"，共治愈了60多人。他德高望重，被人称为"孙真人"和"药王"。晋代的杨泉在《物理论》中说："夫医者，非仁爱之士，不可托也；非聪明理达，不可任也；非廉洁淳良，不可信也。"即古代任用医生，一定要选品德好的人。北宋林逋在他的《省心灵·论医》中与此相关的另一句名言是"无恒德者，不

我常想，人在遇到危难时，别人问一声都是好的；有人病了，给他一碗白开水，人家心里也是暖烘烘的。
　　　　　　　　　　　　　　　　　　　　　　——朱伯儒

可以作医"，"医生乃人生死之所系……"。此名言至今仍广为传诵。清代名医喻昌在其名著《医门法律》中，除了极大地丰富和完善了传统医德的医德评价理论外，他对医德的另一重要贡献，是他在医德修养上首倡医生的自我反省，他希望世界上有"自讼之医"。

（七）忠于医业的献身精神

许多古代医家具有不畏权势，不图名利，不计较个人得失，为医学事业和民众献身的精神。在我国封建社会，医家地位很低，常被列入"三教九流"之列，和算命看风水的同属一等，称做"医卜星相"。但他们为了救人，却弃绝官职，甘当医生。宋代范仲淹有"不为良相，即为良医"之说。东汉名医华佗医技高明，却淡于名利，一生三次弃官，坚持民间行医。明代李时珍写的《本草纲目》是我国药物学的空前巨著，该书共190万字，52卷，载药1892种，收录药方11096个。他前后花了27年，阅书800余种，采访四方，三易其稿，系统总结了我国16世纪以前医药学的丰富经验，对我国的医药发展做出了重要贡献。晋代的皇甫谧，家中贫苦，自幼务农，20岁发愤读书，42岁因得风痹病半身不遂，耳聋。54岁因治病服寒石散又大病一场，险些丧生，但他并没有因为身体不佳而弃学，反而一心扑在针灸学的研究上。经过多年不懈的努力，终于写成了《黄帝三部针灸甲乙经》的针灸学巨著。该书是我国现存最早的针灸学专著，较系统地阐述了针灸学的理论知识，为针灸学发展奠定了深厚基础。他被后人称为针灸学之祖。

王争艳医德精神继承了传统优良医德，广大医务工作者应学习王争艳，努力从传统优良医德中吸取营养，创造具有新时代特色的现代医德。在医学道德中，我们应有更高的精神境界，这种精神是不能用金钱来衡量的。我们必须在广大的医护人员中树立科学的人生观、价值观，倡导对工作极端负责，对伤病员极端热忱，对技术

我无论做什么，始终在想着，只要我的精力允许，我就要首先为我的祖国服务。
——巴甫洛夫

精益求精的精神，这样才能抵御市场经济对医疗战线产生的巨大冲击，不断保持和发展优良医德。

第三节　武汉地区卫生行业
先进典型群星闪耀

王争艳这一先进典型是在由武汉市卫生局与《武汉晚报》联合开展的、首次由群众推荐评选的首届"我心目中的好医生"活动中产生出来的，与她同时当选的还有德技双馨、清正廉洁的皮肤科专家段逸群，临危不惧、抗击"非典"的呼吸科专家赵苏，十年未休一次假的疼痛科医生李荣春等 30 名好医生。此前，武汉市医疗卫生系统还先后涌现出"防治艾滋病先锋"、"2004 年感动中国十大人物"之一的桂希恩；以高尚医德立身，以高超医术济世的张应天；用生命拯救生命，用责任点燃希望的乡村医生董明娜等优秀医生代表。他们的出现，表明王争艳医德精神广泛存在于武汉地区各级医疗卫生机构内，武汉地区卫生行业呈现出先进典型群星闪耀的局面。

一、防治艾滋病先锋 —— 桂希恩

桂希恩，武汉大学医学部传染病学教授、武汉大学中南医院感染科医生，中国艾滋病防治专家指导组成员，中国艾滋病高发区的最早发现者。因其在艾滋病教育、预防、关怀等方面的卓越成就，成为贝利马丁基金会颁发的 2003 年度贝利马丁奖惟一得主，"2004 年感动中国十大人物"之一。

自己的活着是为了别人更好的活。　　　　　——林巧稚

1999 年，一个偶然的机会，使桂希恩与艾滋病的防治紧紧地联系在一起，他凭着医生的良知和信念，克服了常人难以想象的困难，掌握了中原地区艾滋病流行实情第一手资料。5 年多时间里，他数十次到艾滋病流行区做调查，救治那些孤立无助的艾滋病人，为他们送医送药，接济他们的生活。他还亲自动手为上千名艾滋病人抽血。他的奔走呼吁，引起了各级政府和社会各界对艾滋病的高度重视，国际社会也对我国的艾滋病防治工作伸出了援助之手，为艾滋病人捐药，为艾滋病孤儿捐款，并设立专项资金用于防治艾滋病的宣传和研究工作。

从 2004 年开始，桂希恩就将精力投入到预防艾滋病的培训工作中，他先后开设了湖北省基层骨干医务人员培训班、卫生部艾滋病临床医生进修班，将自己的研究成果毫无保留地传授给学员。2004 年 8 月，全省艾滋病防治骨干培训班开学，桂希恩给来自全省的学员以及到场的领导和记者上了生动的第一课：请大家吃艾滋病人种的大西瓜。在培训课上，他诚恳地对大家说："这西瓜很甜，我带头吃，请你们也尝一尝。"他的身体力行消除了学员们对艾滋病的恐惧心理。

桂希恩给艾滋病患者检查的时候是不带手套的。他说，正常的防护措施他是有的，他不戴手套，是因为他的手没有破损，给病人看病，是不会受感染的。他愿意跟病人做朋友，让病人和他之间没有隔阂。

2001 年 5 月 9 日，程金、程雪梅、马强夫妇带着不满 1 岁的儿子来到武汉求医于桂希恩教授。他们都是借粮度日的艾滋病患者，来的路费都是桂希恩提供的。考虑到艾滋病患者如果住进病房可能会吓跑其他病人，医院将一栋闲置的旧房子安排给病人住，但是这种安排遭到了周围居民的强烈抗议。为让艾滋病患者享有平等的生命尊严，证明健康的人与艾滋病人正常的生活接触不会被传染，桂希恩毅然将 5 位艾滋病人接到自己家中，与他们同吃同住了 5 天。

一个医生，不是为自己的名誉工作，他的价值，远比那五花八门的名誉更神圣、更金贵。早驱除瘟疫，用欢乐代替痛苦。　　——张海迪

那几天里，桂希恩每次为病人抽取血样都是在自己家里进行。他说："在家里抽血是违反规定的，但这也是没有办法的办法。"为艾滋病人抽血是件很危险的工作，一不小心扎在自己手上就有被感染的可能。虽然这种概率很低，但桂希恩也从不让助手抽血。有两次在为艾滋病人抽血时，桂希恩不慎将抽过血的针头扎在了自己的手上，他并没有慌张，简单处理后，又为下一个病人抽血。所幸的是，他并没有因此感染艾滋病。

二、医德立身，医术济世 —— 张应天

张应天是武汉市第六医院（江汉大学附属医院）外科教授、主任医师，他从事医学临床、科研和教学实践 50 余年，始终坚持"以高尚医德立身，以高超医术济世"，不为名所动，不为利所累，爱岗敬业，乐于奉献，甘当人梯，高尚医德和精湛医术深得病人好评、同行敬重，并因此先后获得首届"中国医师奖"、"全国先进工作者"等荣誉称号。

张应天认为当一个好医生的标准就应该处处为病人着想，时时想着病人。每位病人的病情都装在他的心中，对每一个细节也不放过。张应天查房的严格程度远近闻名，对重点病人，他事先熟悉病情，查阅资料。几十年来他有一个习惯，除了坚持查房外，他每天晚上电话询问值班医务人员：病房有没有重病人？病人有什么样的病情变化？若有谁对病人病情不了解，他都会严厉批评。他说："当一个医生并不是看你学历有多高，关键是看你心中是否装有病人。不全面掌握病人病情的医生就不配当医生！"

无论到哪里，他心中始终惦记着病人。有一次张应天在十堰开会，下午 3 点钟，值班医生按照要求打来电话，报告了一位重症胰腺炎病人的病情，张应天听后，认为病人的病情十分危重，指示要

一个战地的外科医生，同时应该是一个好的木匠、铁匠、缝纫工和理发匠。
　　　　　　　　　　　　　　　　　　　　　　　　——白求恩

马上做急诊手术。当时大会会务组已经为张教授买好了当晚 10 点的软卧火车票，次日 9 点就可以到汉。但张应天放心不下这个病人，执意立即动身，他们退掉了软卧火车票，改乘长途汽车到了襄樊，本打算从襄樊坐火车尽快回汉，但不巧赶到襄樊时已经没有了回汉的火车，他们再次乘上开往武汉的长途汽车，次日凌晨 5 点赶到了医院，当张应天走进手术室时，患者家属惊喜地连连喊到："张教授来了！张教授来了！这下好了，有救了。"当手术医生看到敬爱的导师出现在手术台旁，更是从张应天无声的行动中汲取到强大的力量和心理支持，更加胆大心细，精心为患者施行手术。事后，当时参与手术的一名医生说："看到张应天走进手术室的那一刹那，我的心里立刻涌起一股暖流，很感动，为病人，也为自己。"

张应天处处替病人着想。晚期肝门胆管癌治疗十分棘手，切除机会为零，对症治疗效果不好。张应天大胆设想与放射科合作开展胆管内放疗。由于本院没有放疗设备，张应天亲自到外院与有关科室的医生讨论，利用外院的设备开展了"肝门胆管癌后装放射治疗"，获得了满意的疗效。形形色色抗菌药物的问世既提供了多种治疗选择，又使治疗费用增加，张应天组织大家搜集大量循证医学资料，制定了每种疾病中抗菌药物的使用规范，仅此一项就为病人节省了不菲的费用。以急性阑尾炎为例，每例手术费用仅为本地区同类医院的三分之二。新型医疗设备的出现增加了诊断手段，也出现了片面依赖仪器设备的现象，张应天大声疾呼"不要做仪器设备的奴隶"，要求医生苦练基本功，合理运用检查设备。有的病人经费十分困难，他带头为病人捐款……

张应天教授刻苦钻研医学知识，掌握国内外最新医学动态，在外科领域有很高的造诣。60 年代初期，他率先在国内开展了"经皮经肝穿刺胆道造影术"、"胃癌根治术"，在全国外科学界引起轰动。近十年来，他阅读了千余册医学期刊、书籍，对医学理论进行深入研究，开展了二十余项科研，有 17 项课题通过了湖北省、武汉市科

古人云，行医"如临深渊，如履薄冰"。病人把最宝贵的生命交给了医院，医务人员在工作中稍一粗心大意，就有可能致人伤残，甚至危及生命。所以医疗工作不能有半点马虎和轻率。

——张孝骞

委鉴定，并获得多项奖励。骄人的成绩，令同行叹为观止。一心为病人的崇高医德和精湛的医术使张应天养成了"啃骨头"的习惯，他常鼓劲大家："病人来找我们是为了减轻痛苦，我们就要想办法为病人做点事，不然要医生做什么？精心准备、精细操作，病人还有生存的希望。否则，他只能在痛苦中等死。"

张应天不仅具有高深的理论水平、精湛的医疗技术，更具有为人民服务的优秀品质。他常对年轻医生们说"做一个合格的医务工作者，不仅仅要有精湛的医术，还要有视病人如亲人的良好医德。"他是这样说的，也是这样做的，他对待病人，不分职位高低，不分贫富贵贱都一视同仁。"医生要想方设法为病人做点事"，这成了张应天的口头禅。"红包"和"点名手术"一段时期在社会上盛行，他就常常对身边的医生讲"收病人的红包，就降低了我们的人格，是对医生这个职业的亵渎"。据不完全统计，近几年，张应天每年拒收、上交红包达万余元。一般来说，开展特需服务，进行点名手术，收取点名费是名正言顺的，按张教授的名声，每月都可收到非常可观的点名费，然而他坚持不搞点名手术，他说："点名手术可使我的收入增多，但病人的负担加重了；不开展点名手术我失去的仅仅是金钱，得到的是病人对医生的尊重，得到了一批批中青年医生医疗技术的提高，这是金钱所买不到的。"

淡泊名利，甘当人梯，医术立身，医德济世，张应天以他的崇高医德、精湛医术和人格魅力温暖了病人的心田，激励着越来越多的医务人员更好地为病人服务。

三、为儿童的健康奉献一生的真爱 —— 江泽熙

7 月的武汉，江城似火。中华医学会小儿外科分会副主任委员、武汉市儿童医院主任医师江泽熙，从医院那浓荫遮日的林间小道上，

我虽然从医六十多年，至今不敢忘记"戒慎恐惧"四个字。病人把生命都交给了我们，我们怎能不感到恐惧呢？怎么能不用戒骄戒躁、谦虚谨慎的态度对待呢？

——张孝骞

迈着轻盈的脚步迎面走来。几个正在林间玩耍的小孩用稚嫩的声音喊道："江奶奶好。"江泽熙颔首点头，脸上充满了慈祥而幸福的笑容。

1956 年，22 岁的江泽熙毕业于同济医科大学，主动请缨到刚成立不久的武汉市儿童医院。当时的儿童医院仅有儿内科，江泽熙一步一个脚印做了三年内科医师，马上就要升主治医师了，一切都顺风顺水，唯独她跟自己过不去。

20 世纪 50 年代，小儿外科在我国还属于新兴的专业，武汉地区医院还没有小儿外科。医生总是用诊断成人疾病的标准诊断小儿，因而常常出现误诊。

1959 年，她在北京参加了卫生部举办的小儿外科学习班，全班 20 多人，只有 3 位女同学，并且她是唯一从内科医生直接跨进小儿外科门槛的，组建小儿外科，从零起步，困难可想而知。江泽熙说，那时的人们干什么都有一股拼命劲，从领导到群众，大家没日没夜，一心扑在工作上，50 多年过去了，武汉市儿童医院小儿外科已由当初的 7 张病床发展到今天的 430 张病床，由单一普外发展到脑外、心外、矫形、整形、泌尿及新生儿外科等专业齐全、技术精良，在全国有一定影响的综合性专科。

从"江阿姨"到"江奶奶"，行医五十多年来，患者始终在她心中排第一位。

十几年前的一天，江泽熙从北京开完全国劳动模范大会回到武汉，已是晚上十点多钟了。她习惯性地直奔病房，正碰上几位医生在为一个脓毒败血症并发化脓性心包炎的孩子会诊。江泽熙一看就着急了："还等什么？尽快手术，放出脓液，解除心包填塞，孩子的情况才能改善。""可是孩子的病情太重了，我们能不能冒

> ### 王争艳心语
>
> 网友说我孤身一人，我不同意。孤立的人是不存在的，我一个人也撑不到今天。

医生的无知会给病人带来灾难。一个医生，在疾病面前束手无策，那是失职和羞耻，也是医生最大的痛苦。
　　　　　　　　　　　　　　　　　　——周礼荣

这个险？"江泽熙火了："不做手术，孩子只有死路一条。做手术，还有生存的希望。有风险，我承担。"她毫不犹豫地拿起了手术刀，心包切开了，脓液放出来了，孩子得救了。江泽熙困乏的脸上露出了舒心的笑容。

每个星期六是江泽熙坐门诊的日子，也是她和先心患者约好随诊的时间。可有一次，江泽熙必须出差一个星期开会，为了不耽误坐门诊的时间，她把启程的日子由原来的星期五推到星期六下午，上午一看完病，提起行李就走，连口水都来不及喝，一个星期后，还是为了不耽误和先心患者的"约会"，她又毅然踏上午夜的列车，一下车就急急忙忙奔向门诊。

作为被国务院授予"终身享受政府特殊津贴"的医学专家，医院为她开辟了专门的工作室，这一点她欣然接受，因为可以让患者有一个更好的就医环境，可当要把她的挂号费提高到相应的水准时，她坚决不同意，因为她不愿给患者增添一丝负担。

医院同事说：逢年过节，江泽熙收到的贺年片、慰问信最多。经她治疗的病人中，有人结婚生了孩子，一定要抱着孩子来和江奶奶合个影；有的考上研究生，写信附照片报喜；有位先天性心脏病治愈的女孩，在她十岁生日时，一定要江奶奶在她所点播的节目中讲几句话；有时一上街，常常冷不丁传来一声"江奶奶"的呼唤。

说起这些，江泽熙深情道来："这是病人给我的珍贵而崇高的精神红包。"

作为医生，江泽熙是杰出的。作为学者，江泽熙同样也是杰出的。

1983 年，江泽熙在美国、加拿大做访问学者时，她的勤奋、广博的学识给当地教授们留下了深刻的印象，被美国水牛城儿童医院授予"特殊访问学者"。在新加坡召开的第九届亚洲儿科年会上，江泽熙用英语宣读的《先天性小肠闭锁的临床与病理研究》论文，以新颖的观点、精辟的论述，博得与会专家们由衷的赞赏。在后来的

人们说医生的工作是最干净的：洁白的衣帽，严实的口罩、消毒的手套……但他却要和血、脓、病菌、癌瘤……打交道。唯其如此，才需要最干净。

——郎景和

几次亚洲儿科年会上，她都是引人注目的学者。

20世纪90年代，她被推举为《中华小儿外科杂志》总编，从此，"失去了自由"。她每年至少要看数千篇稿件，她的大部分业余时间都用来看稿。她说，每篇稿件都凝聚了作者的心血，有的是十几年的心血，任何轻视都是对作者的亵渎。有些稿件，她不厌其烦地和作者讨论修改好几次，常常是为了核准一个数据，她要查阅遗传免疫、分子生物等专业资料。有人说，这太辛苦了。她却神秘地说："我这是在淘金，从审稿中我学到了很多东西。"

许多女同志喜欢逛街，江泽熙的嗜好却是逛医院。无论是出国访问，还是国内出差，走到哪儿，她都要到当地医院，特别是儿童医院看一看。她当了10多年全国人大代表，每年春天到北京开会，她总要到阜外医院和儿童医院看几次手术，和同行们一起交流。在美国做访问学者时，江泽熙常在业余时间洗净一些还可用的心脏手术用导管和插管并将其保留下来。这些现在看来不足为奇，但对当时外汇匮乏的中国医生来说，简直是稀世珍宝。归国时，她的行囊装满了参考书籍复印件和手术用具，却没有给家人带一件"洋货"。在新加坡开会期间，代表可住高级套间，江泽熙为了节约800美元住宿费以购买手术设备，和另一位中国代表挤在一起。

几十年来，她一直坚持教学查房，在查房中，每讲一种病例，她都旁征博引，如数家珍地道出许多医学资料，以帮助学生尽快消化，年轻的医生都爱听她查房。为了提高年轻人的英语水平，她又在科室开展英语查房，鼓励大家用英语讨论病例，进行交接班；还亲自将"外教"请到医院帮助年轻人提高口语，从2006年至今，已连续5年，帮助一批又一批青年骨干扫除语言障碍，远赴重洋，学成归来。

2000年，在她的奔走下，武汉市儿童医院心外科和德国杜伊斯堡市心血管中心医院建立了定期交流关系；2010年，她又积极促成武汉市儿童医院和上海儿童医学中心建立小儿心血管协作基地……

再年轻的医生，在病人的眼里也是长者，他肯向你倾吐一切；再无能的医生，在病人眼里也是圣贤，他认为你可以解决一切。

——郎景和

不论何时，她都不遗余力地为儿童医疗保健事业贡献着自己的力量。

江泽熙从医 50 多年，始终住在医院宿舍。好几次医院领导要给她在院外换面积大些的房子，她说，离病房远了，我不习惯。有人劝她，住在医院内，就意味着没有节假日，没有上下班之分。江泽熙爽朗地说："我当了 50 多年医生，从来就没有节假日，这是我生命存在的最佳方式。你叫我放弃，这不是要我的命嘛。"

"这样很苦吧？"我们问。"苦？不，很甜。当一个生命垂危的孩子住进医院，那份揪心，让你无法拒绝家长的请求。经过医护人员的手，孩子得救了，特别是当一名病情复杂、手术难度大的孩子，经过术者的手，解决病根，孩子蹦蹦跳跳出院时，那份喜悦，真让人无法形容，甚至有几分自得。"明媚的阳光照在江泽熙神采飞扬的脸上，我们也分享着她的快乐。

如今，江泽熙是中华医学会小儿外科分会副主任委员，第七、八、九届全国人大代表，享受国务院首批颁发的"政府特殊津贴"。她曾参与编写《小儿腹部外科学》、《小儿外科手术学》、《小儿心脏外科学》等专著，撰写论文 70 多篇。50 多年来，江泽熙培养了一批又一批外科医生，如今，许多人都成为了专业翘楚。1995 年，江泽熙被评为"武汉市十佳优秀共产党员"；1997 年，荣登武汉市荣誉市民榜首；1998 年，获武汉市第五届热爱儿童特别奖。

四、对患者热情忠实，为事业甘于奉献 —— 陈曼仙

陈曼仙，女，79 岁，共产党员，1931 年出生，武汉市结核病医院放射科主任医师，从事放射医学 50 余年，待病人如亲人，为无数结核病患者解除病痛，在难治性肺结核的治疗上取得了重要突破，并先后主持完成了多项科研难题，在她的带领下，该院放射科共获

决不要陷于骄傲。因为一骄傲，你们就会在应该同意的场合固执起来；因为一骄傲，你们就会拒绝别人的忠告和友谊的帮助；因为一骄傲，你们就会丧失客观方面的准绳。
　　　　　　　　　　　　　　　　　　　　——巴甫洛夫

3 项省市科技进步奖，其中 1 项达国际先进水平。陈曼仙同志医德高尚，自甘清贫，不遗余力培养年轻医生，为培养结核病防治人才呕心沥血。

武汉市结核病医院因地处偏远，曾经被人称作是"鬼都不来的地方"。寒冬的一天下午，记者在该院放射科见到了陈曼仙，她头发全白，身着 60 年代的呢制服，话不多，脸上总带着和蔼的微笑。

"搞技术革新、搞科研，不能闭门造车，要学习了解国外的前沿动态。"老人至今能说一口流利的英、德、俄三种外语。她先后主持的"选择性细支气管肺泡造影"、"周围型肺癌子癌征"等课题，均达到国内领先水平。几十年来她选择的课题都与临床密切相关。在治疗中她坚持把解除病人痛苦放在第一位。业内人士都称她是肺科疾病的权威。

陈曼仙 1955 年从广州中山医科大学临床医疗系毕业，后分配到武汉市结核病医院。当时医院的放射设备还很落后，防护设施很差。在那个一般人认为"十痨九死"、避结核病如瘟疫的年代，陈曼仙却深感作为放射医生站在诊断结核第一线的神圣职责。进院 3 年，她设计了达到国内先进水平的"多层体层摄影装置"，这一装置因一次可曝光出 3 张片，从而极大减少了 X 光线对人体的损伤。

70 年代下乡巡回医疗，陈曼仙到应城天鹅公社蹲点。这是一个血吸虫疫区，巡回医疗队住的是用油毛毡搭的简易工棚。简易工棚没有任何放射防护设施，陈曼仙与接受检查的农民的距离就是一臂远。陈曼仙说："让老百姓离远一点，不能让他们吃射线，射线要杀就杀我们吧。"

医疗队的放射医生只有陈曼仙一人，她最多时一天要透 1500 人。长时间的超负荷工作和长时间暴露在 X 射线之下，她的白细胞一度降到 3000 以下。同事们劝她休息一下，她说："还有这么多人没有检查，我不能走。"最后，同事们强行把她架回武汉休养了 1 个多月。一恢复正常，她又马上回到了医疗队，半年没有回家。

医学是一门科学，来不得半点虚假。医务人员不应不懂装懂，更不应知错不改，任何时候都要牢记对病人健康所应当担负的道义责任。

——张孝骞

从 1974 年开始，武汉的农村开始以发现病人为目的的肺结核病大普查。陈曼仙带着设备去了，一个村一个村一人不漏地普查。

结核病人的发现，就靠医生的一双眼睛。仅在洪山区，陈曼仙就用她那双眼睛透过 X 光看过 30 万人的肺。正是她与她的同事们的不懈努力，武汉农村结核病的发病率在三年时间里由 10 万分之 1200 下降到 10 万分之 160。

放射科的医生都会有放射损害，放射科是人员流动最大的科室，分来的年轻女医生最多干到结婚就转行了。陈曼仙干了一辈子。临产前 2 天，她还要给病人拍片，"就是多穿一层铅裙。"她的同事回忆说。陈曼仙却乐呵呵的："我的女儿很好啊！"而事实上，长期接触放射线仍然损害了她的健康，不到 50 岁，她的脸上就开始出现如老人斑一样的放射斑。

武汉市结核病医院的医生们至今还记得，1999 年冬天，68 岁的陈曼仙食指患慢性骨髓炎，为了不耽误病人的病情，在治疗的几个月里，她顶着严寒忍住十指连心的疼痛坚持每天为患者看片、诊断，有时疼痛难忍，汗珠从额头上不断地渗出来，她就两眼微微闭一下，咬咬牙关挺过去。

到武汉市结核病医院看病的人，都由衷地信服陈曼仙高超的医术。由于她精确的诊断，许多肺病患者不仅免除了手术之苦，还摆脱了"肺癌"的阴影，重新扬起了生活的风帆。同时在许多大医院滥用高端技术检查的今天，陈曼仙认准基础检查才是最根本、最重要的。她说："我是一个看片子的，只要能够帮病人诊断清楚，何必又要病人重新花钱呢。"因此只要拍片能解决问题，她就绝不要病人做 CT，即令是外院的片子送过来她也照样看。

"放射医生看问题要全面，多角度、连续动态观察病灶，并要联系临床，才会给病人发出更负责任的报告。"陈曼仙时常对院里的年轻人这样说，并拿出自己多年收集的 2000 多张片子面传身授。在她坚持不懈的努力下，医院的放射诊断水平持续提高。而她高尚

临床临床，就要亲临病床，亲手掌握第一手资料，才能做出正确的判断。
——周华康

的医德感染着年轻人，外科副主任代希勇说："陈老师不仅教我们专业知识，更多地教我们如何做人，做一名好医生。"

受湖北省卫生厅的委托，陈曼仙先后主持举办了4届全省放射诊断培训班，如今这些学员已成为全省各地的放射专业骨干乃至结防专家、胸外专家。

视病人如亲人，对同事关心备至，陈曼仙始终严于律己，甘于贡献。许多慕名而来的病人请陈曼仙会诊，她将会诊费作为党费上交。每天往返3个多小时上下班，医院为她和几个老专家配的专车她却从未坐过。有一年，医院考虑陈曼仙退休后仍然住在一个70年代的58平米的旧房，准备给她买一套大点的住房，她执意不要。无奈院里打算帮她把旧房装修一下，她却利用周末自己买了一桶乳胶漆搭着梯子把房子粉刷了一遍，上班后她对领导说："我的房子装修好了，真的不用麻烦组织。"

2001年，在美国探亲已一年的陈曼仙，接到医院的召唤立即登机回国。她对挽留她的女儿说："我还能动，不能闲下来，看到病人还需要我，心里就踏实。"

陈曼仙因其对患者热情、为事业甘于奉献，连续多年被评为"武汉市卫生系统先进工作者"、"优秀共产党员"；她还多次荣获"湖北省卫生系统先进工作者"、"武汉市劳动模范"等荣誉称号；2005年她荣获"武汉市老模范新贡献先进个人"荣誉称号、"第二届中国医师奖"，2006年荣获"武汉地区首届医德风范奖"。

五、用生命拯救生命，用责任点燃希望 —— 董明娜

董明娜，中共党员，武汉市江夏区法泗卫生院副院长，防保站站长。她在法泗乡从事防保工作，勤勤恳恳，兢兢业业，在新生儿预防接种、艾滋病筛查、取缔游医、公共卫生工作等方面作出了贡

医生，应该献身于维护人民健康的事业。

—— 白求恩

献。在抗击非典的战斗中，她不顾自身的病痛，经常工作至深夜，获得了党组织的高度赞扬。她医德高尚，自己家庭并不宽裕，仍无数次为病人垫付医疗费用，赢得了群众的赞扬。

2006年4月11日，罕见的龙卷风肆虐江夏。法泗作为斧头湖畔的鱼米之乡，由于地势平坦，成为重灾之地。当天，董明娜在区里开了一天会，傍晚赶回百里外的法泗，她感到身体有些不舒服。还没进家门，听说有个12岁的小孩被狗咬伤了，她放心不下，匆匆赶到医院，给小孩注射了狂犬疫苗。晚上8时，已上床睡觉的董明娜被一阵急促的敲门声惊醒。原来邻居彭爱荣家的屋顶被大风掀翻，且头被砸伤。她忙拿起听诊器、针药和纱布直奔彭家。董明娜在为伤者进行简单包扎时，凭着医生的敏感，她担心房子会被刮倒，就带着彭爱荣，彭的儿子、媳妇护着3个月大的婴儿，向自己家转移。刚走出几步，董明娜被刮落的电线击倒在地，其他人也相继倒下。这时风更大了，风又吹倒电线杆并裹挟着砖瓦，一齐砸来，彭家人幸免于难，董明娜却被当场砸得昏死过去。呼喊声和风雨声连成一片，她丈夫这才知道妻子出了事，当即将她送到区人民医院，因伤势过重，她当晚又被转送到武汉市普爱医院进行手术治疗。经确诊，董明娜右脚胫骨和腓骨开放性断裂，左手多根手指粉碎性骨折，无名指因被电击而坏死，不得不锯掉。

法泗被金水河、斧头湖两大水系包围着，是个典型的血吸虫疫区。早些年，作为医生的董明娜，每当看到打鱼为生的男劳力挺着个大肚子、双脚浮肿着，心里别提有多难受。于是，每年4月，她便带防保站的姐妹们在湖区查螺，不放过任何蛛丝马迹；夏天，顶着酷暑，骑着自行车，挨家挨户抽血，然后送到武汉市血防站化验。18年间，董明娜查螺面积过万亩，抽检渔民近万人。正是由于她和同事们锲而不舍的努力，血吸虫病在法泗已成历史。

预防保健是一项事关国民健康的事业。2005年6月以前，打预防针得老百姓自己掏钱，为了不让一个儿童漏掉，董明娜主动和镇、

我愿意跟他(艾滋病感染者)做朋友，我愿意让我和他之间没有隔阂。
——桂希恩

村卫生部门联系，哪儿有了新生儿，她就在第一时间赶到，注射各种疫苗。有个婆婆，丈夫是盲人，儿子患小儿麻痹症，尽管老人十分看重孙子的预防接种，可是又没有钱。董明娜自己垫钱给她的孙子打了10多种疫苗。

前几年，董明娜和同事到法泗宣传防治艾滋病知识，一些妇女闻之色变，认为这是和她们八竿子打不着的事。所以当她和同事欲对重点对象抽血检验时，一些老乡就起哄，还认为是在逼她们卖血。她急中生智改为免费为妇女检查乙肝，一下子就吸引了群众，顺利取得血样，该镇的艾滋病筛查工作因此走在了武汉市前列。

法泗地区有10所学校，4000多名学生，有66家餐饮和副食品店。按照从业人员必须体检，仪器必须有"三期"的要求，董明娜每月都带着防保站的同事逐一到这些场所巡查。正是凭着这种负责的精神，董明娜开创了法泗卫生院和防保站工作的新局面，她任站长三年来，每年业务量是她上任前的7倍多。有一次，董明娜住院期间，正是麻疹和腮腺炎疫苗接种期，全镇还有2000多接种对象。在医院里的她仍惦记着此事，隔三差五地给同事打电话，催问进度。这就是董明娜，一个用生命拯救生命，用责任点燃希望的乡村医生。

六、德技双馨，清正廉洁 —— 段逸群

段逸群，中共党员，现任武汉市第一医院皮肤科主任、皮肤病研究所所长、主任医师、教授、硕士研究生导师。他以精湛的医术、高尚的医德和永不言止的开拓精神谱写了一个又一个光辉的篇章。

职业和事业，一字之差，境界迥别。从当医生的第一天起，段逸群就决心将自己的工作当作事业来做。不论是做小医生还是做大主任，他始终把钻研业务，加强自身内涵，提高自身素质作为自己的根本，勤于钻研，善于总结是他的特点。他总是告诫年轻的医生，

医务人员都应该有一点同情心，就像我前面讲，如果没有同情心，这个医生不容易做好的。
——桂希恩

第三章　王争艳医德精神

"我们不仅仅做治已病的医生，更要做治未病的的'上医'。"30余年的医疗生涯，他练就了一双敏锐的双眼，常能从皮肤的细小变化找到诊断的线索，从而为患者解除疾病的痛苦。作为临床医师的他不仅注重观察和研究临床上各种皮损的变化，还注重研究皮肤病理的微观表现，并在临床实践中将两者有机结合，从而提高了临床诊断和治疗水平。对一些疑难杂症他有自己独到的见解和治疗方法，得到了病员及同仁的普遍称赞。多年积累的坚实的业务素质，使得段逸群很快成为同行中的佼佼者，担任中华中医药学会皮肤科分会的主任委员更是众望所归。

一个好医生，不但要有精湛的医术，还要有一颗仁爱和奉献的心。一直以来，对待自己的病人，段逸群总是不厌其烦，反复与他们讲解、交流和谈心，帮助他们走出了病痛的阴影。段逸群常说："选择了医生这个职业，就意味着要奉献。"工作二十余年来，从住院医师到皮肤科主任，他始终任劳任怨，不计得失，用自己的行动实现自己的诺言。为了工作，他多年没有休假；为了工作，他常常加班加点，工作到深夜，更没有周末休息，他常常是科室最早上班、最晚下班的人。有一次，病房收治了一名重症药疹的患者，皮损达体表面积90%以上，可谓体无完肤，还有高热并伴有严重的心律不齐。而当时值班医师是刚踏上工作岗位的年轻医生，面对如此危重的病人，年轻医生有点不知所措，打电话到段逸群家里求助。段逸群边通电话指导边赶到病房，与值班医师一起分析病情，制定治疗方案，实施救治，最终病人脱离了危险。由于长年辛劳工作，他患上心律失常，严重时出现房颤，但他常常推完西地兰后又出现在工作岗位上。

年轻大夫进科室的第一天，段逸群和他们谈心时常说的一句话是："你们既然选择了医生这一个职业，就意味着要耐得住寂寞，要守得住清贫，要严格要求自己，做一个无愧于人民卫生卫士称号的好医生。"在30余年的从医生涯中，段逸群用自己的行动为同事们

我愿尽余之能力与判断力所及，遵守为病家谋利益之信条。

——希波克拉底

做了一个良好的表率。有很多患者经过段逸群的精心治疗而愈，送来礼品和红包以示感谢，都被他婉言谢绝，对那些实在推辞不掉的红包，他就上交组织。

在段逸群的带领下，乐于奉献，甘于牺牲的工作作风已在皮肤科医护人员中蔚然成风。段逸群先后获得"武汉市建功立业先进个人"、"湖北省劳动模范"、"全国五一劳动奖章"、"全国医德标兵"、第五届"中国医师奖"等荣誉称号，并多次被武汉市卫生局评为优秀共产党员。

七、临危不惧，抗击"非典"——赵苏

赵苏，武汉市中心医院呼吸内科主任，主任医师，教授。从事临床 教学和科研工作二十余年，在中华医学会省市呼吸学会、湖北省免疫变态反应学会、武汉市纤维支气管镜学会担任重要职务。武汉市防治非典指挥部专家组成员。其主持研究的科研项目达到国际领先水平，获市科技进步奖。在国内权威期刊上发表论文十多篇，多次应邀主持电视台、电台专家讲座，主编或参编专著多部。

赵苏说，自己是位很普通的医生，此言不虚。人到中年，身材高瘦，衣着简朴，为人谦和，做事认真，不多的言语中透着智慧与幽默。就是这样一个不张扬的人，却在非典大战最危难关键之际，义无反顾慷慨赴险，用他瘦削的肩头挑起重担，尽显良医风范。

2003 年 4 月 25 日傍晚，作为武汉市非典防治指挥部专家组的成员，已在全市非典排查连续工作了 36 个小时的赵苏，刚刚回到家里，准备为即将高考的儿子做晚饭，医院的电话来了，说是接指挥部的命令，要他立即去市传染病医院报到，带好日用品。赵苏以为这次也是像过去一样，只是去排查一下。当天晚上，他走进了非典病房，担任病房治疗小组的组长。

将医德放在首位是重要的。

——吴阶平

防治非典这场没有硝烟的战争打响后，武汉市传染病医院被确定为武汉市非典防治定点医院。由于该院以治疗消化系统传染病为主，对呼吸道疾病经验较少，武汉市非典防治指挥部决定抽调呼吸专家驰援。赵苏临危受命，成为武汉地区第一位踏入非典隔离病区的呼吸专家，担任"非典"重症病人抢救治疗组组长，整整与 SARS 苦战了 28 天。

进入隔离区，赵苏说的第一句话是："我要看看病人。"先穿一层隔离衣、隔离鞋、戴上 24 层口罩进入医生办公室。看完病历，再套上一层隔离衣、隔离鞋、24 层口罩，外加眼罩，进入了病房。事后，赵苏说，当时，他确实有几分紧张和恐惧，因为北京、广州、香港有那么多的同行倒下了。

大约出于职业的本能，见到病人后，赵苏的心宁定了，他决心竭尽全力救他们。病人病情危急，在呼吸机等各种仪器帮助下，维持着基本的生命特征。他赶紧调整呼吸机和监护仪的各项参数，又与病房管床医生一道调试其他仪器。"我们要让它们全部处于临战状态，病人一来，接上接头就可以用。"5 个小时在不知不觉中过去了，赵苏躺下时已凌晨 1 点。

医生的天职就是救治病人，在这个天职面前，任何个人的大事都是小事。赵苏忠实地履行着这个天职。

病房里躺着三位非典患者，还有一些疑似病人。市指挥部指令：必须确保非典患者零死亡。赵苏深感肩头担子沉重。一位患者病情正处于凶险期，高烧不退，神志不清，加上原有的高血压等多种疾病，稍微改变一下体位，就呼吸窘迫、血氧急剧下降，心率每分钟仅 40 次，危及生命；偶尔患者会清醒过来，又表现得十分烦躁，拉扯呼吸面罩拒绝治疗。按照广东和北京的救治经验，耳鼻喉科专家已经做好了气管切开准备，但几乎无一例外的，伴随着每一例气管切开，是众多的医护人员永远地倒下去。

凭着多年呼吸重症的救治经验，赵苏坚持认为，是现有的治疗

患者康复后的微笑，就是给我最大的奖励。 ——张秋娟

措施、仪器使用的功能没有发挥到位，他提出暂缓气管切开。那几天，赵苏日夜守在病房内观察病情，调整用药和呼吸机的压力参数。为了找出病人拉扯、拒绝吸氧面罩的原因，他躺在病床上给自己套上了呼吸机，发现是氧压偏低，造成自主呼吸与机器呼吸不同步，令患者难受。

为了帮助病人树立起战胜非典的勇气，他长时间站在病人床头做心理疏导工作……那一刻，他完全将生死置之度外了。72 小时后，患者终于出现转机，血氧饱和度上来了，心律稳定了，呼吸也渐趋正常。但他丝毫不敢大意，为了对病人密切观察，夜里，他索性睡在与病人房间仅隔着一层玻璃的走廊上。

事实证明，赵苏坚持不切开气管，对确保无一例病人死亡、无一个医务人员感染，起了何等重要的作用。

数日后，又一位病人病情突变，出现了白肺。对非典病人来说，白肺是一个转折点，他前面有三条路：要么治愈，要么死亡，要么留下肺纤维化的后遗症，带着因纤维化而损害的肺功能痛苦地度过余生。按照卫生部推荐的非典治疗方案，此时应该将激素由现有剂量再加大 80 毫克，并要延长使用时间。讨论时，赵苏与另一呼吸专家孙洁民冒着风险再次提出了不同意见，如果这样加大激素剂量治疗，肯定会带来很大的副作用。反复权衡利弊，他坚持着激素用量不变。治疗白肺，激素剂量如果不改变，那么还有没有其它方法呢？赵苏反复思考，觉得呼吸机的作用可以进一步加强，病人肺部病变进展了，呼吸机压力水平不能一成不变，可以将呼吸机压力水平从原来的 10 厘米水柱提高到 14 厘米水柱，这是赵苏平常抢救其他肺部重症病人的常用压力，值得一试！他将呼吸机压力慢慢提高，病人没有出现不良反应。5 天后，病人病情好转，肺部病变开始吸收，紧接着，赵苏又果断地将激素减少到每天 40 毫克。按部颁推荐方案，不管好坏赵苏都不必承担风险，但他坚持自己的意见，风险就要全部自己担起来。赵苏说，"与我的病人今后的生活质量相

生民何辜,不死于病而死于医,是有医不若无医也,学医不精,不若不学医也。
　　　　　　　　　　　　　　　　　　　　　——吴塘

比，这点风险不算什么！"

5 月 23 日，是武汉地区防治非典大战一个值得纪念的日子——2 名非典患者康复出院了！武汉市实现了无一例收治病人死亡、无一个医护人员感染、无疫情扩散的"三无"目标。市里在传染病院组织了一个欢送仪式，场面热烈而感人，两位大难不死的患者在人群中寻找赵苏，而此时的赵苏，却伫立在远远的隔离病房楼上，欣慰地笑了。

医护人员分批撤出休整，赵苏是最后一位离开隔离病区的外援专家。

武汉市非典指挥部领导说，在非典隔离病区，赵苏不仅是挑大梁的专家组长，而且还在关键时刻起到了稳定军心的作用。

非典隔离病区的战友们说，我们永远敬佩、感激赵主任。

在非典病房的日子，是每一位医生最难忘的日子。在这儿，医护人员承受着常人无法想象的巨大压力：出于对 SARS 这来势汹汹的妖魔缺乏认知而引起的恐惧、冒着零距离接触随时被感染的巨大风险、治疗护理垂危病人无比繁重的工作量、长时间身处封闭环境的孤寂和压抑，还有对亲人对家庭那份更深的眷恋和牵挂……非典凸现出了人性中的柔弱、怀疑和恐惧的成分。

一天，医务人员例行测量体温，有两人发热！这件事在隔离病区引起了不小的恐慌，有的人抱头痛哭。护士长赶紧来找赵苏。检查后，赵苏发现，是因注射胸腺肽出现的输液反应。厄运擦肩而过后，一些姐妹哭了。赵苏像大哥哥一样安慰她们，给大家讲笑话，看自己刚刚编好的手机短信："非典大战精彩片段：但见武汉传染病医院队球员，如急先锋般满场飞舞，左躲右闪，晃过后卫，屡屡抬脚怒射，不时上演帽子戏法，'非典'队气急败坏！"读到最后，单方面的安慰变成了互相鼓励——"我们一定会平安凯旋，非典一定会落荒而逃！"

赵苏意识到，必须尽快消除同事们的恐惧心理。他告诉大家，

不读本草，焉知药性？专泥药性，决不识病；假饶识病，未必得法，识病得法，工中之甲。

——张子和

不要"谈'非'色变，只要预防得当，掌握呼吸系统疾病的传播特点，感染是完全可以避免的"。李征文医生说，"刚进病房时，我害怕极了，脸色也变了，血压也高了，人不由自主地发抖，赵主任看出了我的心情，就亲自把我带到呼吸机旁，指给我看呼吸面罩上的通气小孔，告诉我这是

SARS 病毒的必经之处，当观察病人必须面对面时，一定要注意避开这个孔，这样就不会被感染。从这以后，我的心态就不再恐惧了。"

　　许多医生心怀感激地说，因我们长期未接触呼吸系统疾病，经验很欠缺，这使赵主任很辛苦。下班后，他往往要多工作两个小时才离开。交班时，他总是向我们详细交待病人的病情，夜间可能出现哪些变化，如何应对。为了方便我们随时请教，他特意将休息床搬在病房的走廊上，与病房只隔着一扇玻璃门。遇到我们处理不了的情况，只要一敲玻璃，赵主任便应声而起。有时一晚上要惊动他数次，我们很过意不去，但赵主任却鼓励我们说，有事就叫我，我反倒睡得踏实。

　　深具理性，富于情感，使赵苏具有很强的亲和力，对这些并肩抗御死神的兄弟姐妹们，他充满敬意兼有几分怜惜，他以从容不迫的气度，鼓舞着大家的士气；用幽默风趣的话语，悄悄舒缓了同志们绷紧的神经。

　　隔离区一位女医生头发长了，想剪短些，但理发师不能进来。此时专门准备在病人危急时切开气管的耳鼻喉科大夫郑立新，披挂上阵，咔嚓一刀就将长发剪去，赵苏当即送了个"郑一刀"的雅号，引起大伙儿一阵欢笑。

　　二十多个与死神鏖战的日子，使这些来自数家医院"多国部队"的战友们成了生死之交。他们征服了 SARS，征服了死亡，也征服

　　学医一道，既不能离开书本，也不能专靠书本，既要凭些经验阅历，也要懂得经籍要义。
　　　　　　　　　　　　　　　　　　　　　——冉雪峰

了自己。

多年来，赵苏荣获诸多荣誉：2003 年，他作为武汉市第一位进入非典隔离病区与患者亲密接触的市属呼吸病专家，荣获湖北省防治非典突出贡献奖及"湖北五一劳动奖章"；2004 年，他被人事部、卫生部和国家中医药管理局授予"全国卫生系统先进工作者"；2008 年获"全国五一劳动奖章"。

八、十年未休一次假 —— 李荣春

李荣春，中共党员，武汉市普爱医院疼痛科主任，主任医师，中华疼痛学会第七临床中心主任、中华医学会疼痛学分会全国中青年委员、湖北省疼痛学会副主任委员、湖北省中西医结合学会第四届颈肩腰腿痛专业委员会副主任委员、第十五届全国颈肩腰腿痛研究会常务理事。先后获得"武汉市五一劳动奖章"、第六届"中国医师奖"、"武汉市有突出贡献的中青年专家"、武汉市首届"我心目中的好医生"等荣誉称号。

李荣春工作十分敬业。他的医术高明，医德高尚，西至青藏高原，东到宝岛台湾，他的病人遍布全国各地。为了挤出时间及时接诊患者，他以医院为家，全身心投入到医疗工作中，十年来从未休过一天探亲假及公休假。

平日里，李荣春上午查房、坐诊，下午手术，有时手术要做到晚上 8 点过后才能完，手术完后又要回病房查房。这就是他一年 365 天的工作时间表。

找李荣春看病的多是慢性疼痛的患者。慢性疼痛虽然不会直接危及病人的生命，却会因为病程漫长、痛苦而磨灭病人的信心和意志，使病人绝望，乃至产生轻生的念头。人们通常称这些病人是"不死的癌症患者"。面对这样一群特殊的病人，李荣春常说："我

道德的底线就是医务人员的良心，他的良心就体现在以下几点，第一个问题就是合理诊治，再一个就是职业精神。 ——钟南山

们为患者治病不仅是缓解他们的疼痛，更是通过缓解疼痛来树立他们生存的信心。"他还说："医者父母心"，医生对病人要细心、耐心，更要有同情心，做到好上加好。

为了方便病人找他，他将自己的手机号码告诉每一位患者。他说："我随时随地都是值班医生，你们有事尽管找我！"老父亲去世，他没能赶往老家见老人家最后一面；女儿高考，他只有将女儿交给家人，自己却一心扑在工作上。

疼痛科成立4年多来，他几乎未在家里吃过一餐饭。他带领科室团队夜以继日地为患者解除病痛，长期繁忙的工作让李荣春积劳成疾，他为数以千计的椎间盘突出症患者解除了疼痛，而他自己严重的椎间盘突出症因没有时间去治疗，不得不承受左下肢疼痛的折磨。

在疼痛治疗领域，李春荣始终没有停下探究的脚步，凭借着12年麻醉医生的深厚功底，他练就了穿刺的绝活。神经阻滞最重要的是穿刺。神经在皮肤下，肉眼看不见，药物能不能达到神经根，穿刺最见功夫。现在没有他不敢穿的神经，而且一穿一个准。

从最初单纯靠臭氧进行神经阻滞逐渐发展到现在包括臭氧、激光、胶原酶、射频等在内的一系列的疼痛微创治疗手段，李荣春边实践边探索，不仅向新技术要疗效，而且向更加优化的技术高峰攀登。

李荣春先后主持召开了2008年及2009年"中南六省脊柱微创技术研讨会"，在全国推广了武汉市普爱医院疼痛科发展的经验及李荣春独特的穿刺技术。他多次被邀请在国家级、省级会议上传授经验。

救死扶伤、济世保健，应是学医的目的，这必须明确。为了发财致富，当然不必学医。
——邓家栋

第三章　王争艳医德精神

第四节　优良的土壤孕育了

王争艳医德精神

　　中国传统文化精神中存在一个缺陷，就是重自我修养，轻制度建设，因此，虽然它能造就一些德高望重之人，可是却无法使大部分人都高尚起来。我们在分析王争艳医德精神为什么能够在武汉市医疗卫生系统不断复制的时候，不能仅仅简单归结为这些"王争艳"们具有良好的道德修养。其实我们深入分析后就会发现，王争艳医德精神能够在武汉市医疗卫生系统成功复制，进而形成了一支不断壮大的优秀医务人员队伍，除了个人注重自身道德修养外，最根本的原因是武汉市卫生局党委高度重视医务人员职业道德教育和人文素质培养，大力开展医院文化建设和精神文明建设，注重培养人才、发现人才、爱护人才、挖掘先进、树立典型，在全体医务人员中努力营造学先进、比先进、争先进的浓厚氛围，为医务人员健康成长提供了良好的平台和土壤，正是这些土壤，孕育出了王争艳医德精神，复制出了更多的"王争艳"。

　　如何为广大医务人员提供这样的土壤？一是通过体制机制积极引导医务人员加强自身修养，自觉成为"王争艳"；二是借助媒体的宣传，使系统内先进典型得到社会认可和尊重，让更多的医务人员愿意成为"王争艳"。

王争艳心语

你不来，我亲自到家里替你抽，你不愿付费，我出钱替你付，血一定要抽。

把最危重的病人往我们医院送！　　　　——钟南山

一、体制和机制提供的保障

邓小平说："制度好可以使坏人无法任意横行，制度不好可以使好人无法充分做好事，甚至会走向反面。"道为术之本，自身修养确实比技术重要，然而自身修养不是天生的，因此王争艳医德精神的形成与复制，不能仅仅寄希望于广大医务人员的职业道德和自身修养，更重要的是要靠体制机制的建立解除医院和医生对"创收"的依赖，瓦解隐藏在"过度医疗"背后的灰色利益共同体，规范、制约人们的行为。

为了加强医疗卫生系统职业道德和行业作风建设，2004年，武汉市卫生局转发了国家卫生部出台的《卫生部关于加强卫生行业作风建设的意见》。六年来，武汉市医疗卫生系统严格按照《意见》的相关精神狠抓医务人员的医德、医风建设，为"王争艳"涌现、王争艳医德精神的成功复制提供了保障。

武汉市卫生系统为了防范医疗服务中的不正之风，逐步完善了各项管理制度和监管措施：其一，强化医疗机构负责人纠风工作责任，建立院长一手抓医院管理、一手抓医德医风的"一岗双责"制度，把加强医德医风建设，规范医疗行为作为院长的重要职责。其二，加强医疗机构管理制度建设，依照法律、法规和政策规定，完善医疗质量管理制度、人事分配制度、财务管理制度和责任奖惩制度，约束和规范医务人员的执业行为。其三，切实加强医疗服务质量管理，牢固树立"质量第一"、"服务第一"、"病人第一"的理念，把"以病人为中心"真正落实到每一个医疗服务环节，充分尊重患者的知情权和选择权，加强医患沟通，事先将治疗方案及相关费用告知患者。树立"救死扶伤，忠于职守，爱岗敬业，满腔热情，开拓进取，精益求精，乐于奉献，文明行医"的行业风尚，自觉抵制

科学只能实事求是，不能明哲保身，否则受害的将是患者。

——钟南山

拜金主义和损害群众利益的行为，营造让患者安全、放心的就医环境。其四，加强医疗机构的监督，重点检查评估医疗服务质量、医疗收费行为、医生处方、开单检查情况。建立同行评价和社会评价相结合的评价制度，定期将评价和监督信息向社会公布，引导病人自主选择就医，促进医疗机构之间的良性竞争。其五，完善医疗机构信息公开制度，制定有效防范措施。完善住院费用清单制、医疗收费及药品的价格公示制和查询制，增强医疗服务和药品收费透明度。通过"公告"、"住院须知"等形式向患者和社会宣传行风纪律规定，自觉接受患者和社会的监督。召开座谈会或书面征求患者对医德医风的意见。确定专门的部门或人员，接受患者和群众的投诉，及时核查处理。

同时，针对已经出现的医疗服务不正之风，武汉市卫生系统严格纠风责任追究制度，按照"谁主管、谁负责"的原则，加大纠风责任追究力度，保证各项治理措施的落实并收到实效。对医疗机构纠风工作不力，疏于管理，医务人员顶风违纪，继续收受"红包"、药品回扣、"开单提成"，乱收费等不正之风，造成不良社会影响的，视情节轻重予以通报批评、新闻媒体公开曝光，并追究领导责任。卫生行政部门对本地区纠风工作指导不力，监督不严，不正之风盛行，群众反应强烈，或对群众举报不认真核查，不严肃处理的，追究部门负责人的责任。

各医院也积极结合各自实际情况，寻求体制机制创新，推出了一系列有效举措，强化医德、医风建设。

武汉市妇女儿童医疗保健中心从加大社会监督力度入手，通过定期邀请市区文明办、人大代表、政协委员、民主党派和新闻媒体的参与，广泛听取第三方人士意见，拓宽服务监督管理的视野。在扩大满意度调查覆盖面，实行背靠背普查和抽查服务满意度的基础上，针对急重症病区、疑难重症病人多的特点，从患儿家长的心理需求出发，增设专人答疑解惑，帮助家长及时了解病情变化。中心

对待病人就像大人背小孩过河一样，从河的这一岸背到那一岸才安全。
——裘法祖

还向社会公开服务投诉电话，医疗、护理、行政建立完善3日内投诉回复制度，形成投诉有渠道，事事有回音快捷有效的医患沟通渠道。

武汉市第五医院从2009年7月20日开始，医院特别在门诊设置了服务评价系统，来院就诊的病人可以通过放置在门诊大厅的触摸屏，对在门诊就医过程中接触到的工作人员等进行满意度评价。为了引导患者评医生，医院还特别准备了粉红色的温馨提示卡，发放给前来就诊的病人，提示他们就诊结束后到触摸屏处留下评价意见。2010年，医院在住院处也新增了服务评价系统，并将其纳入出院结算流程，住院病人在出院结算时，需要先点击服务系统，电脑随后才会列出费用清单，更好地引导患者行使自己的"权利"。医院将全体医务人员的照片和相关信息输入到评价系统中，并分别从仪表举止、服务态度、服务效率、服务规范性等诸多方面设置了评价条款，病人可以针对每个条款在"很满意"、"满意"、"可接受"、"不满意"、"很不满意"5个评价级别中进行选择。评价结果将和绩效挂钩，并作为医院"星级服务明星"评选的重要依据。

武汉市第三医院病人投诉接待办公室将患者"讨人嫌的投诉"视为"惹人爱的财富"，把投诉作为改进服务的法宝。院党委要求，投诉办公室要严格落实"首问负责制"，做到"事事有着落，件件有回音"。在行评边查边改活动中，一位70岁的李奶奶向投诉办公室反映，做B超的病人很多，自己要等1个小时才能轮到。工作人员立即与B超室协调，为李奶奶优先安排。半个月后，再次有老年病人反映，做B超等待时间太长，身体受不了。投诉办公室意识到这是个共性问题，必须马上解决，随即与B超室协调，出台方便特殊病人的服务办法，凡行走不便、残疾人、70岁以上老人、持有当天长途车、船、机票的病人，优先安排检查。

武汉市中心医院于2008年成立了服务管理中心，并配备专职工作人员，统一承担医院投诉管理、服务质量的考核工作。中心设

夫为医之法，不得多语调笑，谈谑喧哗，道说是非，议论人物，炫耀声名，訾毁诸医，自矜己德，偶然治瘥一病，则昂头戴面，而有自许之貌，谓天下无双，此医人之膏肓也。
——孙思邈

立了投诉接待处，向患者公示投诉电话，实行"首诉负责制"，通过一整套完备的投诉受理流程，确保在 3 到 5 个工作日内向投诉人反馈相关处理情况或处理意见，使病人得到投诉受理的"一站式服务"。

二、社会认可和尊重的激励

近几年来，武汉市卫生局党委下大力气加强卫生行业作风建设和医务人员职业道德教育，不断挖掘身边医务人员的先进典型，先后树立了张应天、董明娜等一批卫生系统先进典型，通过加强宣传、开展学习活动等多种形式，树立医务工作者身边活生生的学习楷模。典型就是力量，榜样就是旗帜。武汉市医疗卫生系统通过积极树立先进典型，并借助社会媒体、组织宣传报告会等方式，让整个医疗卫生系统乃至整个社会了解这些先进典型的个人事迹，让这些先进典型得到社会的认可和尊重，同时号召系统内广大医务人员向这些先进典型学习，激励更多的"王争艳"从医疗卫生系统内涌现出来。

2009 年，为进一步加强全市卫生行业作风建设，积极构建和谐医患关系，武汉市卫生局坚持"弘扬卫生行业新风正气，树立医务工作者正面典型"的工作思路，积极创新人民满意的好医生的评选方式，改变以往由各医疗卫生单位推荐先进个人的方法，由武汉市卫生局与《武汉晚报》联合，首次面向社会开展群众推荐评选"我心目中的好医生"活动。此次评选活动最大的创新点是，把推荐好医生的第一票交给患者和群众，没有患者推荐，不能当选好医生。这次评选活动，不仅仅只是为了评选出几名好医生，更要注重活动过程，突出宣传武汉市医务工作者为人民健康服务的正面典型，不断增进人民群众对医疗卫生工作的理解和支持，从而促进良好和谐的医患关系的建立。

施治之要，必须精一不杂，斯为至善。 ——张景岳

这次评选活动得到了《武汉晚报》的大力支持，晚报每天拿出大量版面对活动推进的全过程予以充分报道。活动从 2009 年 8 月 24 日开始，短短半个月时间，共有三万六千多名群众积极参与推荐活动，全市 148 家医疗机构的 647 名好医生被推荐，《武汉晚报》开辟专栏，每天连续登载老百姓讲好医生的故事。在活动过程中，不断有群众反映，武汉市汉口医院金桥社区卫生服务中心有一个"青霉素医生"王争艳。在评选活动的单位审核阶段，汉口医院党委也积极举荐王争艳参评。最终，9 月 25 日，武汉市首届"我心目中的好医生"获奖名单揭晓，"青霉素医生"王争艳与十年未休一次假的疼痛科医生李荣春等 30 名好医生光荣上榜，受到武汉市文明办、武汉市总工会和武汉市卫生局的表彰。

好医生评选活动虽然告一段落，卫生行业的先进典型宣传工作并没有结束。武汉市卫生局继续与《武汉晚报》合作开办了"好医生信箱"专栏，让好医生为群众就医答疑解惑，希望通过身边医务人员的先进典型，进一步促进和谐医患关系建设，切实加强卫生行业作风建设和医务人员职业道德教育。同时，汉口医院党委认真总结王争艳的先进事迹，于 2009 年 12 月 23 日在《武汉晚报》上以深度报道的形式对王争艳一心为患者，几十年坚守行医准则的事迹进行了题为《上医之境》的报道。随后，中央电视台、东方卫视、新华社、《人民日报》、《健康报》、《中国青年报》、《湖北日报》、湖北卫视、湖北人民广播电台、《北京青年报》、《苏州日报》、《杭州青年报》、网易、新华网、新浪、长江网等 50 余家国内主流媒体，连续刊载了王争艳的相关报道和评论 140 余篇，数万名网友在知名网站上跟贴评论，全国上下引起了极大的反响。中央电视台《新闻联播》、《共同关注》、《新闻 30 分》、《第一时间》、东方卫视新闻综合频道《七分之一》以及湖北卫视都播出了王争艳的采访报道；新华社总社记者张严平"严平走近"专题采访了王争艳；武汉电视台、武汉广播电台播出了相关专题宣传报道。至此，王争艳这一先进典型经广

每一个病例都是一个研究课题。 ——张孝骞

王争艳心语

"小处方"就是因病施治，需要什么检查就开什么，需要什么药物就用什么药物，自己没有刻意追求小处方。

大新闻媒体的集中宣传，逐渐得到整个社会的认可和尊重。

2009年12月25日，武汉市副市长刘顺妮为王争艳颁发了"上医之境"的匾牌，武汉市卫生局党委授予她"武汉市优秀社区医生"称号，武汉市汉口医院也授予了她"医德模范"称号。2010年1月，王争艳作为湖北省惟一一名全国医药卫生系统先进个人代表赴京领奖，党和国家领导人温家宝总理、李克强副总理分别给予了充分的肯定和高度的赞誉。在全国医疗卫生系统先进表彰会议上，王争艳受到李克强副总理的接见。1月15日，湖北省省长李鸿忠、副省长张岱梨等一行，看望慰问王争艳。1月22日，武汉市市长阮成发代表市政府慰问了王争艳。2010年1月以来，王争艳先后多次获得国家、省、市各级荣誉。

为了进一步弘扬王争艳的上医精神，让更多的老百姓得到王争艳式的优质医疗卫生服务，2010年，武汉市卫生局党委制定下发了《武汉市基层医疗卫生服务机构创建"王争艳工作室"的活动方案》，在武汉市基层医疗服务机构开展了"王争艳工作室"创建工作。目前，各区"王争艳工作室"创建工作正如火如荼地开展，武汉市118家社区卫生服务中心均组成了王争艳式的优秀医生团队，汉口医院也已经在金桥社区卫生服务中心、江岸门诊部和汉口门诊部建立了三个"王争艳工作室"创建点，为病人提供优质的医疗卫生服务。

在此基础上，为了激励更多的医务人员学习王争艳医德精神，武汉市卫生局党委迅速组建了王争艳先进事迹巡回报告团，并于2010年1月9日上午，举办了首场"全市卫生系统学习王争艳先进事迹报告会"。截至2010年7月底，王争艳先进事迹巡回报告团已在武汉市及襄樊、宜昌、黄冈、恩施等地进行了近30场先进事迹报告会，事迹报告会感动了各地市民，并在各城市掀起了学习王争艳、争做王争艳的热潮。

医生要发挥两个积极性，医生的积极性和病人的积极性。

——周恩来

第四章 王争艳精神的
启示与时代价值

　　王争艳是在我国新一轮医改制度推行过程中涌现出来的先进典型，也是新医改的践行者，她用自己的事迹给新一轮的医改的方向给了一定的启示：广大人民群众到底需要什么样的医生，需要享受到怎样的医疗服务。王争艳的相关事迹也得到了党和国家领导人，湖北省、武汉市各级党政领导，武汉市属各大医院党政领导的重视。全国各大媒体也不惜笔墨，纷纷用大量的篇幅报道王争艳的先进事迹，并分析王争艳精神所带来的价值。

　　作为一名从医 26 年的普通社区医生，王争艳以自己的医德精神赢得了民众、媒体、同仁、领导的广泛认可，并成为整个社会学习的榜样。在个人主义、享乐主义、拜金主义思潮正逐渐侵蚀社会道德防线的今天，王争艳用自己的事迹捍卫着传统的优良道德，她长期扎根基层，乐于奉献，通过对有限资源的最大化利用来为患者造福。王争艳精神正感召着更多的"王争艳"涌现出来，扎根基层，用自己的精神、行为驻守传统的优良道德的防线，抵御个人主义、享乐主义、拜金主义思潮侵蚀，用自己的能力造福一方百姓。这就是王争艳精神的时代价值所在。

救活一个产妇、孕妇，就是救活了两个人。

——林巧稚

第一节　广大市民需要"王争艳"

现阶段，"看病贵"已成为广大患者在看病时遇到的最大问题。为什么看病贵呢？原因多种多样，但其中一个重要原因，是一些医生过度依赖医疗检查设备。其实，医疗设备检查对快速确诊某些疾病是很有必要的，只是医生在诊断过程中不能形成对仪器的依赖，仍然要有扎实的"视、触、叩、听"的基本功。调查显示，一个临床经验丰富的医生，对患者通过"视、触、叩、听"完善的物理诊断，结合询问病人家族史、病史，可以使大部分疾病得到正确的初步临床诊断，从而可使很多患者减少不必要的医疗器械检查以及由此产生的部分医疗费用。王争艳之所以被患者亲切地称为"小处方医生"、"青霉素医生"，之所以能开出两角七分钱的药方，是与她长年坚持"视、触、叩、听"分不开的。"视、触、叩、听"的运用，大大减轻了患者看病的经济负担，在一定程度上缓解了患者"看病贵"的大难题。

随着科学的不断进步，现阶段各大医院的临床诊断、治疗、护理方式发生了较大变化，越来越多的医生通过各种仪器、设备等技术获得患者的生化指标等数据，这些数据日益成为诊治的重要依据。这种趋向虽然是时代的进步，但另一方面也带来了一些弊端，比如逐渐淡化了医生与患者之间的思想交流，加重了医生对高精技术设施的依赖，忽视了社会、心理等因素对患者疾病的影响。同时，不断增多的病症和患者对医生工作效率也提出了更高要求，面对巨大的工作压力，愿意耐心倾听患者讲述病情，积极与患者进行深入交流的医生越来越少。在与患者交流过程中，患者所说的话即便是与

曾说"治病救人"，治了病就可以救人吗？可不一定，有的人得到了生命却失掉了幸福，好大夫要考虑全面，要为病人的幸福想办法。
　　　　　　　　　　　　　　　　　　　　——林巧稚

疾病有关，部分医生也常常不愿听完，甚至显得不耐烦；对于疾病以外的话更是不愿谈、不愿听、不愿问，这样就使医患双方交换的信息受到了局限。患者面对这种局面，内心很容易对医生产生不信任情绪和抵触情绪，最终将对治疗产生不利影响。而王争艳，却耐心地对待每一个找她看病的患者，不仅听他们把症状说完，积极与他们交换意见，还在病理、药理等方面为患者普及医药常识，使患者充分感受到被尊重和理解，从而对王争艳产生信任与依赖。这样，王争艳看一个病人的时间经常要达到半小时以上，就效率来说并不高，但她是秉承着为患者负责的态度谨慎行医，事实上是以牺牲自己工作短期的效率来换取患者病情长期的稳定。

在为患者诊治过程中，医务工作者的一言一行对患者的心理乃至病情的影响是很大的。如果医生对患者缺乏应有的同情和责任感，只将诊治患者当成不得不做的工作任务来完成，必然会产生冷淡、厌烦甚至鄙视的情绪。而王争艳则将其个人的情感带到了她的日常工作中，她自己也是基层劳动人民的一员，对老百姓看病难、看病贵的状态有着感同身受的体验，因此她极度同情患者，将他们视作自己的亲人，对常见病、多发病仍然一丝不苟地诊治。在王争艳身上充分体现了一个医务工作者对患者的人文关怀。试问，市民会不喜欢这样的医生吗？

生命，对每个人来说都极其宝贵，患者选择了医生，就是将自己的生命和健康都交到了医生手上。医者是患者的以性命相托者，这一提法并不为过。因此，真正的良医，理应怀有对生命的尊重和怜悯，在诊断和治疗时务必慎之又慎。王争艳正是用她扎实的"视、触、叩、听"基本功、耐心的讲解和对患者痛苦的感同身受赢得了患者的心。

如今的王争艳比以前更忙了，出名

> **王争艳心语**
>
> 我是从汉口医院这片土壤里生长出来的，还有很多跟我一样的医生，勤勤恳恳为患者服务。

我们不仅要解除病人身体的痛苦，更要解除他们心灵上的痛苦。

——林巧稚

王争艳语录

不为良相，即为良医；
不能兼济天下，至少能独善
其身；医生一定要有割股之
心，一定要善良。

以后，人们把她视为天使，慕名找她看病的患者成群接队。王争艳说，这让她感觉肩上的责任更重了。她只有把喝水的时间再减少，把吃饭的时间再推迟，把工作的时间再延长。但是，即使这样，她一天又能看多少病人呢？现在她觉得自己身体有点吃不消了，毕竟 56 岁的人了。天使也是人啊！要改变这种状况，惟有复制更多像王争艳这样的天使；而要复制更多王争艳式的天使，需要医疗卫生系统全体人员的共同努力，也需要政府在政策及体制机制方面的大力支持。

就基本医疗体制来说，我国城市正由传统的一、二、三级医疗机构逐渐转化为由区域医疗中心和社区卫生服务中心构成的两级医疗机构。其中，社区卫生服务中心的网点最多、面向的人群最广，是直接面向广大低收入患者的最基层医疗机构。在大多数国家，社区医疗中心是病人首先求医之处，但在我国，由于长期以来对基层医疗的投入严重不足，社区卫生服务中心和三甲医院在人才、技术、设备等方面存在较大的差距，导致大量的患者集中于三甲医院等实力雄厚的大医院，使得本已十分紧张的医疗资源进一步白热化。王争艳所在的金桥社区卫生服务中心的实践，无疑为武汉市乃至全国的医疗卫生系统提供了一个很好的模式——社区卫生服务中心一样可以吸引众多的患者。建设社区卫生服务中心的关键，不在于仪器设备等"硬件"的投入，而在于像王争艳这样能力强、医德高、愿意长期扎根基层的人才的"软件"投入。

当前，我国医疗改革事业正处于关键时期，医疗公益化的趋势进一步凸显，王争艳的精神和医改的方向是完全吻合的。今后，随着医改对基层医疗事业投入的倾斜，在王争艳精神的感召下，我们

群居终日，言不及义，好行小慧；难矣哉！　　——孔子

相信，必将会有千千万万的"王争艳"活跃在各个社区的卫生服务中心，合理分流大医院的患者，充分实现"小病在社区，大病到医院"的美好愿景。

第二节　加强医德医风教育是一项重要工作

随着我国改革开放的不断深入和社会主义市场经济向纵深发展，我国医疗卫生事业也得到了长足的发展。新形势既带来了机遇，注入了活力，同时也带来了一些新情况和新问题。一段时间以来，医疗卫生系统内的医德医风确实受到了一定的"破坏"，出现了一定的"滑坡"，违反医德的事件时有发生，引起了人民群众的强烈不满，成为社会中一个十分敏感的话题。造成以上现象的一个重要原因就是部分医院放松了医德医风建设。因此，加强医德医风建设，已成为摆在医疗卫生从业人员面前的一项重要而紧迫的任务。

其一，加强医德医风建设是落实以人为本思想的表现。加强医德医风建设，构建和谐医患关系是医务人员、医院管理者都要高度重视的问题，要充分认识到它是落实党的以人为本，全面构建和谐社会的具体行动。《关于深化医药卫生体制改革的意见》在提及"构建健康和谐的医患关系"时，明确提出："加强医德医风建设，重视医务人员人文素养培养和职业素质教育，大力弘扬救死扶伤精神。优化医务人员执业环境和条件，保护医务人员的合法权益，调动医务人员改善服务和提高效率的积极性。完善医疗执业保险，开展医务社会工作，完善医疗纠纷处理机制，增进医患沟通。在全社会形成尊重医学科学、尊重医疗卫生工作者、尊重患者的良好风气。"这

不能爱哪行才干哪行，要干哪行爱哪行。　——温斯顿·丘吉尔

王争艳心语

任何一种病,都有可开可不开的药,都有高中低价位的药物,就看医生一支笔。

段话深刻揭示了以下道理:医改,无论怎么改,其终端都是医患关系,再多的惠民举措,都需要通过医护人员与患者面对面地去实施。所以,加强医德医风建设直接关乎医改的成败,关乎人民群众满意度的高低,至关紧要。

其二,加强医德医风建设是维护稳定的需要。加强医德医风建设,努力构建和谐的医患关系,从而减少医患之间的对立情绪,有利于化解矛盾,维护安定团结。

其三,加强医德医风建设是实现医患双赢的需要。加强医德医风建设,构建和谐医患、护患关系有利于实现医患双赢的局面。从服务营销的角度讲,强化行业作风建设,构建和谐的医患关系,使医务人员与患者彼此更加了解、理解、尊重、信任,可为医院赢得更多的服务对象;使自己的医疗技术有了得以发挥的机会,在患者当中建立良好的信誉。病人尊重医生、尊重护士、尊重医护人员的劳动,积极与医护人员配合,能使自己的病情得到积极治疗,身心健康得到更好的保障。

第三节　王争艳精神将对医疗卫生事业产生深远影响

作为武汉市乃至全国好医生的先进典型,王争艳深刻诠释了医者救死扶伤、爱岗敬业的高尚情操,并感染着身边的同事和曾救治过的万千患者。王争艳个人的力量无疑是有限的,但春风化雨,润物无声,通过其崇高精神的潜移默化和众多新闻媒体的广泛宣传,

---

实际上,每一个阶级,甚至每一个行业,都有各自的道德。

——恩格斯

王争艳精神必将逐步深入人心，必将成为更多医疗卫生从业者的行为准则，必将对我国医疗卫生事业产生深远的影响。

一、"视、触、叩、听" 促进医患关系改善

"视、触、叩、听" 是对中医传统 "四诊法"——"望、闻、问、切" 的传承，是现代医学出现之前我国医生诊断病情的主要手段。随着科学技术的不断进步，越来越多先进的医疗器械被运用到疾病诊断工作中来，一方面提高了疾病预测、诊断的准确性和权威性，另一方面也导致医疗行业 "仪器化" 行医现象愈发严重，部分医生对医疗器械产生了依赖，病人的病情尚不清楚就要求进行器械检查，于是，X 光、CT、MR 一类的检查设备代替了传统的听诊器、手电筒和棉签，"视、触、叩、听" 也因此逐渐成为一种摆设，在很大程度上增加了患者的经济负担，进而加剧了医患关系的紧张程度。

在 "仪器化" 行医现象风行的今天，我们欣喜地看到，在王争艳 26 年的行医生涯中，她对患者始终坚持 "视、触、叩、听" 为主，设备检查为辅的诊断原则。也正是由于她长期坚持这一基本原则，王争艳医术得到迅速提高，"花小钱能治大病" 的口碑也不胫而走。越来越多的患者体会到了王争艳 "视、触、叩、听" 的威力，越来越多的患者从王争艳那里得到了温暖，越来越多的患者成为了王争艳的忠实 "粉丝"。"视、触、叩、听" 在王争艳和患者之间架起了一座友好的桥梁，为构建和谐的医患关系迈出了坚实的一步。

近几年来医患关系紧张，群众普遍对医务人员不信任，医疗行业的各种负面报道严重损坏了医务人员形象。王争艳应该说是和谐医患关系的杰出典范。她对病人倾注满腔热情，处处为病人精打细算，事事为群众健康着想，与患者建立了良好的医患情谊。她待病

行业尽管不同，天才的品德并无分别。

——巴尔扎克

人如亲人，除了看病开药、上门服务，还为病人想更多更好的治疗方法，千方百计为病人解除病痛。她总是细心听病人讲述病情，与病人反复沟通交流，坚持"视、触、叩、听"的诊断原则。在诊断患者病症的时候，对患者的面色、精神状况、身体形态、舌质舌苔等进行有目的的观察以了解病情，此为"视"；运用指端之触觉，在患者的一定部位进行触、摸、按、压以了解病情，此为"触"；通过叩击患者一定的部位，然后根据声音特征以了解病情，此为"叩"；听辨患者语言气息的高低、强弱、清浊、缓急，听患者或者陪诊者讲述有关疾病发生的时间、原因、经过、既往病史、患者的病痛所在，以及生活习惯、饮食爱好等与疾病有关的情况以了解病情，此为"听"。在"视、触、叩、听"四个环节中，医者与患者之间将会有大量的信息交换，满足了患者在就诊过程中的沟通需求，医者和患者之间的感情也在此过程中得到了加深。患者以及陪诊者也可以通过"视、触、叩、听"，与诊病医生进行更近距离的接触，从中对医生的医德和医术有更理性的认识，提高对医生的信任度。因此"视、触、叩、听"改变了医者和患者之间信息不对称的局面，有利于医生和患者之间的交流，有利于医患关系的改善。

二、坚守职业道德，优化医德医风

职业道德是符合职业特点所要求的道德准则、道德情操与道德品质的总和，既是对本职人员在职业活动中行为的要求，同时又是职业对社会所负的道德责任与义务，同人们的职业活动是紧密联系的。很多媒体在谈到王争艳精神时，都不约而同地提到一点：王争艳可贵之处在于 26 年如一日地长期坚守从医人员的职业道德。的确，26 年，多么漫长的岁月，时间的流逝并没有消磨王争艳坚守职业道德的决心。在如今这个充满诱惑的年代，让一个人遵守职业道

人需要有一颗牺牲自己私利的心。　　　　——屠格涅夫

德也许并不难，难的是让其长时间甚至是毕生地坚守职业道德。在26 年里，王争艳始终坚持"服务患者，不求回报"的原则，坚决拒收患者红包，对困难患者给予无私的帮助；她从不以医谋私，通过开"大处方"为自己敛财；她坚持因病施治，对症治疗，从不过分依赖仪器检查；她对病人高度负责，全心全意为患者着想，坚守"让病人花最少的钱得到最好的治疗效果"的职业理念，努力减轻群众的医疗费用负担。王争艳用 26 年的时间，重新诠释了遵守职业道德的崇高境界，重新强化了职业道德建设意识，重新指明了强化职业道德建设的方向。

王争艳对职业道德的坚守，将对当前加强卫生系统行风建设起到深化促进作用。近几年来，医疗卫生行业作为民生窗口，备受关注，人民群众"看病难看病贵"问题依然没有得到根本解决。王争艳 26 年坚守在社区基层岗位，坚持合理用药，给病人开"小处方"，从不收红包，清正廉洁行医，成为人民群众热烈欢迎的好医生典范。各医疗机构在学习过程中，与卫生行业行风改善活动紧密结合，积极开展文明礼仪服务，规范医疗服务行为，优化服务细节，不断提高服务水平。特别是一年来，武汉市率先全国推行社区"家庭医生制度"建设，取得明显成效，全市共组建 1000 余个家庭医生团队，以实施健康管理为中心，为居民提供主动服务、上门服务和签约式服务，真正做好老百姓的健康守门人，受到群众普遍好评。2009 年武汉市民主评议政风行风活动，市卫生行业成绩优秀，受到湖北省卫生厅和武汉市政府纠风办的表彰。随着王争艳职业道德进一步深入人心，武汉市医疗卫生行业医德医风建设有望大步推进。

三、有力推动国家医药卫生体制改革

2009 年国家新医改方案正式启动实施，武汉市委、市政府提出

人生在勤，不索何获？

——张衡

全力打造中部医疗服务中心，加强基层医疗卫生服务体系建设，实施国家基本药物制度，实施公共卫生服务逐步均等化，涉及卫生体制与机制的变革，是一项难度很大的系统工程。而王争艳26年行医生涯的所作所为，恰恰符合了国家医改的精神：身为副主任医师，却主动要求下到社区工作；不依赖设备，坚持用医生的基本功、最基本的医疗手段为群众看病；坚持因病施治，用最便宜的药，花最少的钱，治好患者的病；主动上门提供医疗服务，积极开展健康教育，与患者交朋友……她的种种感人事迹，为积极探索加强基层医疗卫生服务体系建设、实施基本药物制度改革提供了实践经验。通过学习宣传王争艳，全市卫生系统广大干部职工进一步解放思想，积极创新，一年来，武汉市深化医药卫生体制改革实现良好开局，各项工作稳步推进。

第四节　扎根基层、乐于奉献是顺应时代发展的迫切需要

王争艳的最可贵之处，在于她能长期扎根基层、乐于奉献。王争艳用自己的行为告诉刚刚踏入职场的年轻人：只要拥有坚定的职业信仰，在基层也能实现个人的人生价值。

我国现阶段由于财政对社会公共医疗领域资金投入不足，因此在医疗卫生系统内部出现了医疗卫生资源分配不均衡的局面。就武汉市而言，一些先进的医学设备、知名的医学专家、优秀的后备人才更多集中在全市几家大型医院中，而主要为社区居民或者经济条件一般的普通市民服务的大多数基层医院则存在着医学设备、医学专家、后备人才缺乏的局面。

鞠躬尽粹，死而后已。　　　　　　　　　　——诸葛亮

王争艳所在的武汉市汉口医院是一家主要为武汉市铁路系统职工服务的基层医院，与同济医院、协和医院、人民医院等大型医院相比，汉口医院在医疗资源上还存在一定差距，下属的社区卫生服务中心的医疗资源更是严重缺乏。在相关医疗资源缺乏的情况下，患者往往会对医生产生更多的依赖。王争艳深知这一实际情况，因此，只要单位有需要，她就会积极主动申请去最需要她的地方工作。王争艳从最初的科室主治医师"一路向下"，最终成为汉口医院金桥社区卫生服务中心的一名社区医生。在多年的基层工作中，王争艳为了减轻患者的经济负担，她一方面严格遵守"先看患者，后看片子"的原则，尽可能地通过"视、触、叩、听"对患者病情作出明确判断，确实有必要通过医学设备来辅助诊断病情的时候，她才会建议患者去相关医院做针对性的设备检查；另一方面，为了提高"视、触、叩、听"的准确率，王争艳不断学习新的医学知识，丰富自己的诊病经验，以期尽量减少对医学设备的依赖，进一步降低患者的经济负担。正是基于上述努力，王争艳才能开得出深得民心的"小处方"，才能成为广大市民"我心目中的好医生"。

与医疗卫生领域资源分布不均衡的现象类似，我国一些基层地区的发展也面临着人才和资金缺乏的问题，为了更好地帮助这些地区加快经济发展，国家除了对其给予政策和资金支持外，还积极号召广大青年人才主动深入基层，投身基层地区的经济发展中去。在国家的感召下，每年都有一大批的热血青年，积极响应国家号召，走向了基层。

如今，每年前往基层工作的人才数量不算少，但是为什么基层地区还存在人才缺乏的问题呢？主要原因在于基层人才流失现象比较严重。前往基层工作的人才，特别是一大批年轻的大学生，往往在基层干不了几年就

王争艳心语

别人住在小洋楼，一家人打个招呼还要楼上楼下跑，我们家小，动动嘴就能打招呼，亲热。

人生应该如蜡烛一样，从顶燃到底，一直都是光明的。

——萧楚女

离开：有的是随着时间的流失，当年的的满腔热情逐渐冷却下来，没有了继续留在基层工作的激情与动力，从而选择了离开基层另谋高就；有的是因为自身意志力不够，无法抵御金钱、权力和名利的诱惑而离开了基层。那么如何解决基层人员流失的痼疾？王争艳用自己26年的事迹揭示出了答案——靠职业信仰。

分析王争艳的成长轨迹，通过王争艳的先进事迹，我们可以看出，王争艳这样的人才在基层是大有可为的，对基层发展是起到了很大的推动作用的。王争艳在时代、家庭以及裘法祖等先贤的影响下，在她26年的从医经历中，以崇高的医德精神为武器，长期捍卫着一千多年前北宋名相范仲淹所提出的"不为良相，即为良医"的誓言，捍卫着"悬壶济世而已，心系天下，情系百姓，大爱无边，以治病救人为神圣职责，以行仁博爱为最高宗旨，终生不渝"的人道主义职业信仰。王争艳一次又一次用自己的事迹诠释了职业信仰对个人发展的重要性，诠释着职业信仰如何帮助自己形成扎根基层、乐于奉献的高尚医德精神。

王争艳的事迹告诉我们，扎根基层，乐于奉献是时代发展的必然要求，而是否具备坚定的职业信仰则是基层工作者能否长期扎根基层，乐于奉献的必要条件。

……

王争艳"不争自艳最鲜艳"，无愧为当今社会的光辉榜样。

榜样之所以宝贵，是因为他们能引导、感染更多的人加入他们的事业，来共同改变我们的社会。

每个人的力量是有限的，但千千万万的人一起行动起来，共同朝着统一的方向努力，未来便有了希望。他们、你们和我们在改变自身的同时，也同时在改变着我们的这个时代。

感谢王争艳！

春蚕到死丝方尽，蜡炬成灰泪始干。　　　　　　——李商隐

附　　录
本书页脚名言作者简介

中国古代部分

老子：（约前 571—前 471），是我国古代最伟大的哲学家和思想家之一，道家学派创始人，世界文化名人。

孔子：（前 551—前 479），春秋时期鲁国人，是我国古代伟大的思想家和教育家，儒家学派创始人。

扁鹊：（前 407—前 310），春秋战国时代名医，医术精湛，所以人们就用传说中的上古轩辕时代的名医扁鹊的名字来称呼他。

孟子：（前 372—前 289），战国时期鲁国人，我国古代著名思想家，教育家，战国时期儒家代表人物。

张衡：（78—139），南阳西鄂（今河南南阳市石桥镇）人，我国东汉时期伟大的天文学家、数学家、发明家、地理学家、制图学家、诗人，为我国天文学、机械技术、地震学的发展作出了不可磨灭的贡献。

张仲景：生卒不详，东汉末年著名医学家，被称为医圣，写出了传世巨著《伤寒杂病论》是中国第一部从理论到实践、确立辨证论治法则的医学专著，是中国医学史上影响最大的著作之一，是后

一个人的价值，应当看他贡献了什么，而不应当看他取得了什么。
——爱因斯坦

学者研习中医必备的经典著作,广泛受到医学生和临床大夫的重视。

诸葛亮:(181—234),字孔明,号卧龙,琅琊阳都(今山东临沂市沂南县)人,蜀汉丞相,三国时期杰出的政治家、战略家、发明家、军事家。

杨泉:生卒年不详,约魏末晋初间前后在世,著《物理论》、《太玄经》。

孙思邈:生卒不详,唐朝京兆华原(现陕西耀县)人,是著名的医师与道士。他是中国乃至世界史上著名的医学家和药物学家,被誉为药王,许多华人奉之为医神。

李商隐:(约812或813—约858),晚唐著名诗人。

刘昫:(887—946),中国五代时涿州归义(今属河北雄县)人,五代史学家,后晋政治家。

范仲淹:(989年—1052年),北宋政治家,文学家,军事家。

刘昉:(?—1150),宋代官吏,知医,著《幼幼新书》,为宋以前儿科学之集大成者。

张子和:(约1156—1228),中国金代医家,金元四大家之一。

张杲,生卒不详,南宋新安(今安徽歙县)人,编写成《医说》十卷,在医学史上颇有贡献。

程杏轩:生卒不详,元代名医,新安医学的创始人之一,著《杏轩医案》三集,对指导临床医者用药,有较高的原则性和灵活性。

李时珍:(1518—1593),湖北蕲州(今湖北省黄冈市蕲春县)人,中国古代伟大的医学家、药物学家,历时二十七年编成的《本草纲目》是我国明朝时代药物学的总结性巨著,在国内外均有很高的评价,另著有《濒湖脉学》。

徐春甫:(1520—1596),祁门(今安徽歙县)人,明代医学家,著有《古今医统大全》100卷,是我国现存的十大医学全书中最早问世者。

龚廷贤:(1522—1619),明金溪霞漈龚家(今合市乡龚家)人,

生命多少用时间计算,生命的价值用贡献计算。 ——裴多菲

是江西省历史上十大名医之一。

缪希雍：（1546—1627），明医学家，海虞（今江苏常熟）人，寓居浙江长兴。

王肯堂：（1549—1613），金坛（今江苏金坛）人，广泛收集历代医药文献，结合临床经验以 10 年时间编著成的《六科准绳》是一部集明以前医学之大成的名著。

张景岳：（1563—1640），明末会稽（今浙江绍兴）人，明代杰出的医学家，为温补学派的代表人物。

王绍隆：（1565—1624），明代医家，原籍徽州，后徙居武林（今浙江杭州）。世代业医，收徒甚多，王氏教学得法，颇得好评。

龚信：（1568—1644），金溪（今属江西）人，精于医术，曾任明太医院医官，著有《古今医鉴》16 卷。

冯梦龙：（1574—1646），明代文学家、戏曲家。

喻昌：（1585—1664），江西新建（今江西南昌）人，医名卓著，冠绝一时，成为明末清初著名医家，与张路玉、吴谦齐名，号称清初三大家，是研究《伤寒论》的著名医家之一。

裴一中：生卒不详，明代医学家，著《裴子言医》。

纳兰性德：（1655—1685），满洲正黄旗人，大学士明珠长子，清代最为著名的词人之一。

叶天士：（约 1666—1745），是一位具有巨大贡献的伟大医家，后人称其为"仲景、元化一流人也"，温病学派的奠基人物，对儿科、妇科、内科、外科、五官科无所不精，史书称其"贯彻古今医术"。

吴瑭：（1758—1836），江苏淮阴人，清代著名的温病医学家之一，著《温病条辩》、《吴鞠通医案》等，使温病学更加完整和系统化。

曹仁伯：（1767—1834），江苏常熟县人，与其弟子探讨医学的问答记录《琉球百问》对后世有较大影响。

天才是由于对事业的热爱感而发展起来的，简直可以说，天才就其本质而论作者：只不过是对事业、对工作过程的热爱而已。

——高尔基

反射理论的建构者，也是传统心理学领域之外而对心理学发展影响最大的人物之一，曾荣获诺贝尔奖。

萧伯纳：（1856—1950），爱尔兰剧作家，1925 年获诺贝尔文学奖，是英国现代杰出的现实主义戏剧作家，是世界著名的擅长幽默与讽刺的语言大师。

芬生：（1860—1904），丹麦人，诺贝尔奖获得者，创立光疗法治好狼疮、天花。

高尔基：（1868—1936），前苏联伟大的无产阶级作家，社会活动家。

温斯顿·丘吉尔：（1874—1965），政治家、画家、演说家、作家以及记者，1953 年诺贝尔文学奖得主，曾于1940 — 1945 年及1951 — 1955 年期间两度任英国首相，带领英国获得第二次世界大战的胜利。

爱因斯坦：（1879—1955），德裔美国物理学家，思想家及哲学家，犹太人，现代物理学的开创者和奠基人。

白求恩：（1890—1939），加拿大共产党员，国际主义战士，著名胸外科医师。在中国抢救伤员时因细菌感染，不幸牺牲。

罗生特：（1903—1952），著名医生，生于乌克兰，中国共产党特别党员，第一个加入新四军的国际人士。

柯棣华：（1910—1942），印度人，著名医生，国际主义战士，随同印度援华医疗队到中国协助抗日，后因癫痫病发作在河北唐县不幸逝世。

亨尔：生卒不详，1905 年诺贝尔奖得主科赫的老师。

静以修身,俭以养德,非淡泊无以明志,非宁静无以致远。

——诸葛亮

先进 事迹报告团活动

■ 王争艳在武汉市"王争艳同志先进事迹报告会"上作报告

先进事迹报告团活动

王争艳先进事迹报告团成员

■ 王争艳　武汉市汉口医院金桥社区卫生服务中心
副主任医师

■ 李菊芬　武汉市汉口医院党委书记

■ 李娟　武汉市汉口医院职工　■ 谢东星　《武汉晚报》医卫部记者　■ 刘玉芬　患者家属

■ 湖北省"王争艳同志先进事迹座谈会"

■ 武汉市卫生系统学习王争艳先进事迹首场报告会

先进事迹报告团活动

■ 武汉市首场"王争艳先进事迹报告会"

■ 湖北省首场"王争艳先进事迹报告会"

先锋感言

　　王争艳把心掏给群众、掏给穷人，她把好事做到了老百姓的心坎上。这样的好医生，是时代的呼唤、人民的期盼、党的召唤，王争艳树起了职业道德的丰碑。我们要把这种精神落到行动上，融化到血液中。

　　　　　　　　　　　　　——全国道德模范、武昌区政府巡视员　吴天祥

　　王争艳的实践证明，小处方也不会延误病情，疗效也不受影响。王医生的清贫不是坚守医德带来的，而是"以药养医"的体制带来的。她不是为了清贫而清贫，是为了患者省钱，是为了群众利益而安于清贫。王医生甘于清贫更有境界。

　　　　　　　　　　　　　——王家巷派出所教导员　刘继平

　　好医德让医术闪光。现在，既有王争艳这样的"青霉素医生"，也有胡乱开药的"泰能医生"、"激素医生"。全民医保来之不易，经不起一些医生惟利是图的折腾：不该开刀的开刀、不该用药的用药、不该检查的检查。这些人在王争艳面前应感到惭愧。光有医术，当不了好医生。有了医德，高超的医术更能发挥作用，好医德让医术闪光。

　　　　　　　　　　　　　——武汉市医师协会会长、市六医院外科教授　张应天

　　王争艳最可贵的地方，就是她高尚的情操和上医的境界。她在平凡的岗位坚守了25年，真正做到了"一切为了病人，为了一切病人"。如今她能获得这样的荣誉，正是人民送给她最珍贵的礼物。

　　　　　　——中国神经外科血管内治疗创始人、中国医师奖获得者、广州军区武汉总医院文职将军　马廉亭

学者感言

　　王争艳在25年行医过程中，遵从和养成的是一种清纯的医风，医改不仅要改体制，还要改医风。"上医之境"是一种自律的医德，三争艳受人爱戴，爱在医德。她的医术，就是能解决群众实际病痛的医术。而作为一名医生，王争艳展示了时代医生的品质，蕴涵了当代医生的风采。

　　　　　　　　　　　　　——湖北省社科院研究员　冯桂林

　　古人云："不为良相，即为良医"。良相是栋梁之材，良医是护佑之神，前者身系国家的安危兴衰，后者身系百姓的健康祸福，两者同样是"国宝"，是"福星"。具有"上医之境"的王争艳医生，就是一位新时代的良医，她是江城百姓心目中的"福星"。

　　　　　　　　　　　　　——武汉市社科院研究员　刘崇顺

"金杯银杯不如老百姓的口碑，王争艳的先进事迹是在老百姓评选好医生当中涌现出来的，这是我们江城老百姓对她的一个正确的评价。"我为有王争艳这样的校友而自豪。1983年，王争艳到同济医院内科实习，我还带过她。今天会前，我与王争艳当时的辅导员王琳老师通了40多分钟的电话。王争艳当时在班上算年龄大的，同学关系很好，生活上从来不攀比。她留在同济医院的同学，个个都是大教授，个个都有房有车。王争艳工作25年退休时，清贫如故，但她拥有我们无法比拟的财富。王争艳没有惊天动地的事迹，也没有发表过SCI论文，但她"一切为患者着想"的精神却感天动地。昔日你以母校为荣，今日母校以你为荣。

——同济医院党委副书记 刘正湘教授

一个医生的价值不应光由职称、职位决定，其实每个患者心里都有一杆秤。被患者认可的医生，才是真正的好医生；王争艳就是这样的医生。人民到底需要什么样的好医生？其实这个标准一直没有变过。唐朝医圣孙思邈的《千金方》里面提到"大医精诚"，就是说好医生不但要做到"术精"，更要对患者"心诚"。王争艳是千万基层医生的代表，因为她术精、心诚，把每件普通的事情做到最好，所以她被广大老百姓认可。

——人大代表、湖北省新华医院院长 涂远超

市中心医院党委经过研究，将在广大医务人员中广泛开展向王争艳学习活动，通过医院网站、院讯、周会和党团员组织生活等多种形式，宣传王争艳的事迹。

——武汉市中心医院党委书记 孙昌林

"王争艳"不仅成为恪守医德的代名词，而且寄托着群众对价廉质优医疗的期盼。我认为，王医生这样的好医生是我们卫生系统的主力军，是众多医生中的好代表。对王争艳的礼赞，就是对白衣天使的礼赞。

——武汉市三医院党委书记 乔子虹

学习王争艳精神，就是沿着导师的步伐，传承导师的思想，将医者的精神延续……你传递给我，我传递给他，当每一个人的心灯都被点亮的时候，这种精神就能如同江海般奔腾不息，使整个社会充满阳光！

——武汉市普爱医院党委书记 李建发

王争艳同志的先进事迹感动了我们全体医务人员的心，大家觉得王争艳同志是个平凡的医生又是一个伟大的医生。她平凡，在于她做的每件事都是非常具体的，都是我们每一位医生都要做的事情；她伟大，在于她把老百姓的心紧紧跟自己的心贴在了一起。

——武汉市中医医院党委书记 陈 华

我们也希望通过王争艳的榜样作用，使更多的优秀医务工作者能扎根于基层，扎根于社区，使社区医疗水平逐步提高，医疗环境逐步改善，从而逐步形成群众到社区看病的就诊习惯，我想这也是浓墨重彩宣扬王争艳同志的时代意义和现实意义。

——武汉市妇女儿童医疗保健中心党委书记　陈丽萍

王争艳花在病人身上的时间总是很长，她与病人沟通的方法总是很有效。她把病人的冷暖需要作为自己的工作职责，始终让病人花最少的钱，取得最好的效果。王争艳的出现，不是偶然，她的成长离不开汉口医院这块土壤，从王争艳身上所折射出来的可贵品质，与医院文化建设的导向完全一致。我们要围绕医院的医疗中心工作，深化上医精神内涵，提升文明创建品质，以此为突破口，继续团结带领全院广大干部职工积极投身医院的建设发展中来。

——武汉市汉口医院党委书记　李菊芬

为什么王争艳在社会各界引起这么大的反响？我想有几个原因：她的境界高。王争艳20多年来工作在基层，如果没有"上医"的"境界"，没有对医生这个职业的热爱，对患者的赤诚，她肯定做不到；她淡泊名利。自己清贫，还经常为病人掏腰包；她的基本功扎实。每次都耐心听患者倾诉，望闻触听做得到位。现在的医生，尤其是一些年轻医生，过分依赖设备、仪器，她的事迹特别应该向年轻医生推广。

——人大代表、市精神卫生中心院长　陈红辉

作为医院的管理者，要构建和谐的医患关系，必须在提高医疗技术水平的同时，加强医务人员医德教育、人文教育。只有这样，才能培养出更多的王争艳式的医生，才能更好地用妙手回春的技艺和悬壶济世的高尚情怀服务于广大人民群众，才能让患者感受到医院的人性温暖，达到真正的医患和谐。

——武汉市武昌医院党委书记　赵　光

在向王争艳同志学习活动中，应当真正做到在名利待遇上不计较、不攀比、不失衡，在能力水平上不自满、不懈怠、不停滞，倍加努力学习、倍加勤奋工作、倍加严守医德，扎根基层，甘于奉献，从简单做起、从细节做起、从岗位做起，争做王争艳式的好医生。

——江夏区卫生局党委书记　朱华乔

王争艳的所作所为是对5000年文明的传承，这是我们现代核心价值观的一个非常具有现实意义的榜样；"无德不成医"，此乃为郎中之古训，王争艳无疑是医者楷模。作为一名党校工作人员，一名党的基层干部，通过对王争艳的学习与反思，我觉得归根结底还是我自己总结出的对学习王争艳同志的三句话体会——"做事高标准、做人低要求、做医求精诚"。

——武汉市卫生局党校副校长　应述国

她走到哪里，患者就跟到哪，王争艳医生由平凡成就了非凡，作为医疗队伍中的一员，我为王争艳医生的事迹深深动容，我为有王争艳这样的同行感到自豪。

——江岸区人民医院副院长　万金香

王争艳让人们看到了一个平凡而伟大的医务工作者的光辉形象，从她身上看到了一个优秀医务工作者应有的品德和追求。大家在为这样一位好医生喝彩的同时，也迫切希望身边涌现出更多王争艳式的好医生。这样一位医德楷模，让她的同行们深受触动。一个医务人员要以救死扶伤为己任，一定要对人、对生命高度尊重和倍加珍惜，所谓性命之托，重于泰山，这是每名医务工作者的认知和责任。

——武汉市中心医院呼吸内科主任　赵　苏

王争艳用实际行动告诉我们——平凡为人、朴素做事。王争艳的事迹犹如一盏明灯，照亮我的职业之路，教会我对待得失要有平常心，对待病人要有父母心。

——武汉市妇女儿童医疗保健中心团委书记　王　琛

一个人的生命是有限的，但是，关爱他人是无限的；一个人的生命是短暂的，但是，人性的光辉是永恒的。在与王争艳主任共事的日子中，我深深地感受到她的爱：对国家的热爱、对医院的热爱、对工作的热爱、对患者的热爱、对同事的热爱、对家人的热爱，正是这种爱，使她成为阳光般的能源，辐射他人，温暖他人。

——武汉市汉口医院金桥社区卫生服务中心副主任　谢　凡

王争艳同志致力发展的执着精神催人奋进，学习王争艳就要像她那样发展为先；就要像她那样牢记服务宗旨，造福患者；就要像她那样爱岗敬业，无私奉献；就要像她那样勤奋工作，清正廉洁；就要像她那样，永葆医生本色。

——武汉市汉口医院护理部主任　刘琼芳

要像王争艳那样，把心贴在患者身上，把心暖在病人心里，始终把病人的利益，病人的疾苦放在第一位，花最少的钱治好病，才是最好的医生。在百姓看病难、看病贵，医患矛盾紧张的现状下，王争艳的先进事迹使百姓看到了希望，这样的精神弥足珍贵，是我们医疗卫生行业一面旗子，是我们学习的榜样。

——武汉市中心医院北院内科主任、主任医师　韩肇木

作为基层工作者，她所奉行和坚守的大医精诚、仁心仁术、尊重生命、精益求精的崇高医德和职业精神，是我们每个医务工作者的终生信条。她科学施治、合理检查、合理用药的事迹在当前医改的关键时期为我们医务工作者作出了很好的榜样。

——蔡甸区蔡甸街社区卫生服务中心院感科主任、副总护士长　肖　霞

王争艳是导引全体医务工作者成长的榜样、典范，她淡泊名利、廉洁行医、本分做人、纯粹朴实的人格魅力感召着每一个人，她就是一根巍峨伫立着的丈量心灵的标杆。作为医德医风典范的王争艳的出现，正好给在医改推行过程中改善医德医风指明了方向。

——武汉市第十三医院党总支书记　宰章忠

学习王争艳的奉献精神，让我们把奉献精神带到每个角落，让我们把健康的知识传播到每个居民家中，让人人拥有健康的生活方式，做健健康康的中国人。

——江岸区大智街北社区卫生服务中心公共卫生科主任　艾　芊

只有对照先进，找差距，我们才能从灵魂深处认识到我们工作中存在的不足，只要我们每个人都能像王争艳那样工作，我们的医患关系能不和谐吗？还会有投诉、有纠纷吗？

——武汉经济技术开发区沌阳医院院办主任　陈玉先

"典型就是旗帜，榜样就是力量"。在深入贯彻落实科学发展观的新形势下，我们要进一步学习王争艳同志的先进事迹，努力将学习的热情转化为发展的动力，将学习的成果转化为发展的硕果，积极进取，真抓实干。做医改的主力军，做社区居民健康的守护神。

——洪山区中医医院党支部书记　杨增新

王争艳的精神境界和平凡的小事使我深刻地领悟到，职位不在高低，能力不在大小，只要你持之以恒地付出和奉献，总是能得到精神境界的升华和人民群众对你的厚爱和拥戴。

——江夏区血防所党支部书记　胡国华

我们要让王争艳精神在社区延伸和发扬。积极响应市委、市局党委的号召，在社区争创"王争艳工作室"。培植出更多王争艳式的好医生，让更多患者能够花最少的钱治好病。在基层社区卫生服务大平台扎根和奉献，努力工作。贴近社区，服务社会，当好党和政府连接人民群众的桥梁。

——洪山区关山街第一社区卫生服务中心主任　王　英

我们广大的社区医生中，有很多很多像王争艳那样的医生在基层默默无闻地工作着，他们从青春年华到头发花白，一代又一代地传承着。特别是我们国家的医改大好形势正扑面而来，良好的医德医风是一种精髓，只有精髓永在，我们的医改才会放出真正的光芒，我们年青一代的基层社区医生只要都向王争艳那样工作，医改的春风一定会吹到每一个角落。

——江岸区丹水池街社区卫生服务中心副主任　吴润泉

通过为患者提供优质的医疗服务，持续不懈、与时俱进地传播，使"王争艳工作室"社区医疗优质品牌文化逐步深入人心。

——江岸区台北街社区卫生服务中心党支部书记　马志华

"小处方、大情怀"为我院推进基本药物制度和深化医疗改革带来了一剂良药，为新一轮医改提供了航向。王争艳医生的"两毛钱处方"上，写满了无价的医德，闪耀着人性光辉的善行，她是每个行医者的楷模。

——青山区红钢城街社区卫生服务中心副主任　刘明瑜

王争艳是我心中的一面镜子，我要像她那样眼里看的是病人，心里装的是病人。急病人之所急，对我是一次心灵的碰撞。王争艳医生的"两毛钱处方"虽小，但写满的是无价的医德，闪烁的是人性的光辉。

——新洲区徐古中心卫生院　张永厚

人不应该被外界的力量改变，人应该自己去理解发现进而改变，我们身边的好医生王争艳教给我们的不只是努力服务，她教给我们更多的是一个品质一个信念一个简单的美。

——江岸区百步亭花园社区卫生服务中心公共卫生科　李　薇

王争艳医生始终淡泊名利，廉洁行医，本分做人的精神鼓舞和激励着我，是她让我知道如何平等、善良、真诚地对待每一个生命，是她让我理解了活着就是一种美丽！是她让我懂得了如何珍爱生命，明白了平凡就是幸福，奉献让我更加美丽。

——蔡甸区中医医院　李　岚

通过学习王争艳淡泊名利，无私奉献的人格，我知道比海更深的是人的情怀；学习她精益求精大医精诚的职业素养，我知道比山更高的是人的信念；学习她仁心仁术、爱民为民的高尚医德，我知道比钱更富有的是人的灵魂。榜样的力量是无穷的。

——汉南区人民医院护士　赵明霞

每一位医务工作者都能像王争艳那样用自己的实际行动证明，付出真心，处处为患者考虑，就一定能赢得患者的尊重和认可，就一定能改善当前紧张的医患关系，为构建和谐社会作出应有的贡献。

——武汉市东湖医院五官科　袁　凯

人的能力有大小，但为人民服务的决心却是无限的，在自己服务的领域，不攀比职位、淡泊名利，只比谁为老百姓谋的福祉多，只争谁为人民做的贡献大，这就是我所理解的上医之境！我将紧跟王争艳医生的步伐，用一生去践行！

——武汉市妇女儿童医疗保健中心妇科主管护师　袁丽芬

王争艳医生以她的亲身经历对我们进行了一次深刻的道德洗礼。在她身上，我们看到了行医者的一切优秀品质，她以对患者的殷殷关怀之情和堪比父母心的深切体谅，完美地诠释了医务工作者职业道德的真谛！

——武汉市急救中心　罗双萍

以王争艳为榜样，学习她老老实实做人，清清白白行医的上医境界；学习她淡泊名利，心中只有病人的无私奉献的精神，在平凡的岗位上真心诚意为患者服务，把健康的知识宣讲给大家，把精良的技术提供给大家，把党和国家对老百姓的温暖与关爱传递给大家。

——武汉市武昌医院护师　刘　静

一个人的价值不在于他有多少财产，而在于他为社会、为他人作出多少贡献，腰缠万贯不会使你名垂青史，惟有奉献能让你万古流芳。那么就让奉献在我们心底生根发芽，让奉献之花开遍世界每一个角落，让奉献之花开在大爱枝头，灼灼其华。

——武汉市疾病预防控制中心　廖文娟

在今后的工作中，我一定要加强医德医风的学习，文明礼貌服务，同情、关心、体贴病人，积极参加医院和科室组织的各种学习，通过学习和回顾，加强自身素质,努力使自己成为一名好医生。

——武汉市武东医院精神科　苏　邹

普通患者感言

我丈夫得了难治的脊髓病，王医生用便宜的药方保住了我丈夫的生命。我们全家都十分感谢她，视之为亲人。

——汉口头道街患者刘玉芬

我在将信将疑中找到了王医生，她听前胸、摸后背、问病史，检查病情十分认真，开了个方子，一个月只需花八十元钱，两次治疗过后病情好转。我们特意做了面锦旗，在王医生的反对声中挂进了她的办公室。

——汉口长湖二村患者王建生

2001年，我因患肺结核找到王医生看病，一看就是十年。王医生是个热情、和蔼的好医生，对待病人像对家人一样不厌其烦，看病从不怕脏。

——江岸机务段退休职工盛常耀

每次看病王医生都是用我们听得懂的话在讲病情。吃了王争艳开的药，我们的病情也一直比较稳定。我们是她的铁杆"粉丝"。

——80多岁老夫妇：刘文征和李慧

每当身体不适，老伴就会到门诊去找王医生来看，

有时，王争艳也会来到我的病床前为我和老伴检查，对症下药，不知多少次让我和老伴从病痛中恢复了健康。

——瘫痪在床的潘肇英婆婆

我父亲有严重的呼吸系统疾病，而我又远在美国。那段时间，王医生几乎成了我父亲的专职医生，只要有需要，她总是以最快的速度来到父亲病床前，为他治疗，使他一次次转危为安，直到2010年父亲去世。

——戴爹爹（80多岁）的儿子

王争艳满足了我的要求，几次来到我母亲家为她治疗，那细心的检查、热情的态度给我留下了深刻的印象。后来母亲因病过世，我又成了王医生的忠实患者，每次生病时都要找王医生看，王医生有医德，是个好医生。

——60岁的林明润爹爹

我们是离休干部，能够享受到比较好的医疗资源，但是我们觉得王争艳的药方最有效。

——武昌的一对老夫妻：83岁的回京钟老人和79岁的赵兰老人

我们不拿王争艳当医生，拿她当亲人，不是亲人胜似亲人。

——身患肝癌的汪先生

从汉口门诊到江岸门诊再到汉口门诊，我一直跟着王医生走，很庆幸自己碰到了一位好医生。

——78岁的董慧珍婆婆

我因患气管炎来医院看病，情绪很低落，因为父母由于工作原因无暇照顾我，自己一个人来医院住院没有人管，后来王医生就特别地关注我，经常利用休息时间带着我到解放公园去玩，开导我、帮助我：让我在接受治疗的同时更感受到了母亲般的温暖。

——十五六岁的患者金健

我说："一个月我吃药要800块钱，这样下去，我将来可能不是死于病，而是死于钱！"王争艳笑笑："一些可开可不开的药我减了，一些贵的药我找到了更宜的替代品。"王争艳总说，让病人花少钱就能看好病，她就有一种说不出的满足感。

——退休人员王健生

王争艳一直不放弃，"固执"地反复上门和电话劝说，甚至表示愿意替我垫付化验费，最后终于做通我的思想工作，上门到我家去抽血，化验证实果然是支原体感染，后来按照治疗支原体感染的方案来治疗，完全康复，我心服口服。

——患者马卉

王争艳是个好医生，找她看病时，她和蔼的态度和认真的医疗服务让我们感觉到很贴心，她从不打断我们的述说，让我们觉得受到了尊重，所以我们都愿意去找她看病，我们很庆幸社区里来了这样一位好医生。

——患者李继华、王锦华、刘明珠、刘璧辉

个人感言

"两毛钱处方"还是让我们感动。我们所感动的，不仅在于它的廉价，更在于它的品德。一位医生，一切从患者切身利益考虑，能便宜就便宜，能方便就方便，这是多么可贵的医德！

——北方网网友

王争艳的"两毛钱处方"让人读懂了医者仁心。

——中国经济网网友

王争艳的医德堪比华佗，是中国杏林传统美德所提倡和坚守的"但愿世间人无病，宁可架上药生尘"价值理念在新的历史时期的具体体现。

——搜狐网友

王争艳"人民满意的好医生"的炼成，在于她崇高的职业道德和大爱无疆的精神境界。

——中国山东网网友

在全国"看病难，看病贵"和医患紧张的背景下，王争艳可谓"一枝独秀"，在她身上我们看到伟大而又朴素的医德的魅力与生命力。愿王争艳的医德能发扬光大，为病患者带来一个放心治病的和谐就医环境。

——新华网湖北频道网友

王争艳身上所表现出来的精神，是传统医德之精华的集中体现。王争艳其人，才是当代中国医务工作者的真正代表！从她身上展现出来的"上医之境"，不仅值得每一个医务人员学习，也为在物欲的挣扎中难以自拔的国人寻找精神家园提供了一个可资借鉴的路径。

——人民网网友

王争艳不起眼的小处方见证着她作为一名救死扶伤者耀眼的品质与风范。

——搜狐网友

王争艳之所以能够几十年这样做，并不是为了这些虚名浮利，而是源于她的个人人格精神，源于她的优秀道德品质。她应该成为所有医者的榜样。

——新华网网友

王争艳，一个和平民在一起的医生，感谢她的工作，感谢她的良知。

——天涯网友

"王争艳"成为"恪守医德"的代名词，甚至寄托了民众对廉价医疗的热盼。

——北京网友

要让更多人享受到"80元处方"治好病待遇，关键还在医疗体制和相关制度安排。仅靠几个好医生，显然无法有效解决"看病难看病贵"这个普遍性的民生难题……如何铲除这些"病瘤"，良性的制度性安排无疑更值得期待。

——北京网友

"好医生"的身上，我们不仅要看到她的高尚医德，更要为她的清贫"打抱不平"。从长远来说，我们绝不能寄希望于个别"好医生"的操守，而应当通过建立良好的医疗制度，从改革分配机制上入手，鼓励更多的人做一名"好医生"，而且是一名生活富裕的"好医生"。

——广州网友

医疗服务直接作用于人的健康和生命……医方在相当程度上对患者具有主导和支配作用。这就要求医生必须比其他从业者具有更高远的道德自觉和更严格的道德自律，更能在缺乏外部监督和制约的条件下，主要依靠自己的良心、良知忠实履行职业责任，在这一点上王争艳给广大医疗工作者树立了很好的榜样。

——北京网友

　　事实上，王争艳就是一剂药。

　　这剂药采自三种原料。她那O型血的护士母亲，常在手术室边工作边挽起袖子为病人献血，她是王争艳的前传和同道。一代名医裘法祖，并不认识自己的学生王争艳，但阶梯教室里一段关于医者仁心的论述，完成了师生的师道传承、医者的精神呼应。数量庞大的病人们，是王争艳的第三种养分，这些人以信任和良善反哺了王争艳，他们是这剂药的受益者，也为其注入驱动力和幸福感。

　　一剂良药，应当准确的指向病根，并且是守在普通柜台，而非贴着VIP的标签，站在橱窗里。

　　良药讲究对症。药物和疾病相生相克的原理，揭示着一些最基本的逻辑：比如医生是治病的，不是医药代表，医生是站着的人，不是检查仪器的利润；比如最好的医生不一定需要最好的医院，最响的名头；比如小处方同样能使医疗机构获得良好生存；比如医生天平的另一端是病人，不是钱、权、地位和上级；再比如温总理所说的，医疗体制改革的成败，关键在人。

　　需要指出，药不是万能的，所以王争艳清贫。但是，王争艳不差钱。很多人得到的，是她失去的；而她得到的，也正是许多人失去的。

　　一剂良药的最大价值，在于它值得依赖，值得托付以性命——天使的境界，也莫过若此。

——《武汉晚报》

　　她没有什么惊天动地的伟业，25年坚守清贫，25年心怀百姓，25年扎根基层，25年恪守医生的本分。她用25年时间，为我们阐释了一个真理：劳动是光荣的，工作是美丽的；而以一颗仁慈之心来善待每一个病人、服务每一个病人，就是医生的光荣和美丽。王争艳，就是这样一位美丽的医生。

　　她的事迹告诉我们，一个人能始终保持善良本性，能始终恪守职业本分，就是平凡中的一种伟大。对于医生来说，最需要有救死扶伤的高尚医德，看病治病，最需要将心比心、体恤患者。而有了这样的情怀，就不但是患者之福，也是社会之幸。

——《湖北日报》

王争艳医生是被市民发现并推荐出来的。她纯粹、朴素、亲切、通透。她不仅治疗病痛，而且温暖人心。"青霉素医生"、"小处方医生"是一种表象化的描述，它的本质，是一名医生对医学目的的认定、对职业精神的坚守，没有超出病情需要的大处方，没有面对患者的倨傲冷漠，没有利益的计算，有的只是一颗纯粹医者的心。王争艳医生被社会关注、推崇，无疑是对她的坚守的肯定，但也直观地显示出这样的精神和坚持到了何等稀缺、珍贵的程度，虽然这应是医者的基本价值。

她的身后，一边是民众对于高尚医德和廉价医疗的苦苦期待，一边则是当前医疗卫生行业中诊疗行为过度逐利、医患关系有些紧张的现实。

——《长江日报》

王争艳就是上医精神的传承者。作为一名普通的社区医生，她或许无法医治百病，但她秉持诚心待人、等心施治的本色，从不收受红包，急病人之所急，坚持开廉价处方。她用25年坚守，把每个8小时做到极致，阐释了医者仁心。

王争艳25年的坚守让人动容，然而，假如选择当一名王争艳式的好医生，就注定要坚守寂寞，安于清贫，也有违公平。所以，医德之生根发芽，还须制度和环境的双重培育，加大公共卫生投入，彻底终结"以药养医"的历史。

——《楚天都市报》

新华每日电讯

新华通讯社出版

中国青年报

健康报

HEALTH NEWS

人民日

媒体声音

　　王争艳的可贵，在于让民众亲眼看到，好医生是有的，便宜地治好病也是可能的；在于让政府和医疗部门意识到，解决看病难看病贵、提高医务人员的服务质量，并非没有方向可循。

　　对于一个好医生，人们从不吝惜赞美之词。但一个王争艳显然不够，也不应仅限于医疗行业。如果大家在各自工作中，都能对自己多一分克制、对别人多一点热情、对职业多一份理想，以实事求是的态度面对问题，通过共同努力，我们就将一起增进整个社会的福祉。

——《武汉晚报》

　　王争艳也处处严格要求自己，时时为病人着想，让人想起了"老协和医院精神"：医生抛开自己的一切为病人着想。当今时代，这种精神弥足珍贵。对于某些医生来说，"挣钱"成了第一要务，始终处于弱势一方的患者则成了"唐僧肉"。于是，我们看到医患关系的日趋紧张，看病贵、看病难成了难治之症……

　　王争艳其实并不"争艳"，她是真正的"只把春来报"。社区医生不容易的，他们面对的都是最底层的病患，没有几个愿意大手大脚。药品当中确有价廉物美的，可许多"大牌医生"就是不愿意开小处方。王争艳为患者"斤斤计较"，可不是"咸吃萝卜淡操心"。

——荆楚网

　　"小处方"中自有大境界，折射出王争艳高尚的职业情操。医者的良心有时比医术更可贵。医者之仁，在于尽心竭力救死扶伤，在于让更多的人得到治疗。普通的"小处方医生"受拥戴的背后，是医疗机构大处方、过度医疗、过度检查的泛滥，反映出目前群众对"看病贵"的无奈，对低价医疗、合理医疗的期待。

　　王争艳的意义，在于让人们看到了群众的呼声和愿望，也看到了医疗服务行业改革着力的方向。眼下，医疗改革正在试水推进，祈愿有一天"小处方"不再是奢望。

——《人民日报》

　　王争艳的"小处方"说明了基层成材的大道理。从同济医科大学毕业的王争艳，在基层医院默默耕耘 25 年，多年坚持开"小处方"传为佳话，这对眼下高校毕业生就业是提供了有益启示。

　　王争艳的事迹为解决"看病难"、"看病贵"问题提供了一个现实的蓝本，让人们看到了医疗服务行业纠偏的希望。同样道理，其他行业以王争艳为榜样，妥善处理工作生活中"大"与"小"的关系，悉心维护群众利益，社会就一定会更加和谐，更快进步。

——新华网

新华每日电讯
新华通讯社出版

中國青年報

健康报
HEALTH NEWS
中华人民共和国卫生部主管

人民日

媒体声音

　　"小处方医生"只是人们对王争艳的一个称呼，这种称呼远不能概括一名良医所秉持的精神实质，但这个称呼却带有某种标志性意味。因为在现实的大环境下，"大处方医生"还真不少。真正把患者当做朋友，处处为患者着想，还真不是每个医生都能做到的。

　　王争艳受老百姓欢迎绝不仅仅是因为她能为患者节省费用，更是因为她因病施治、细心体贴、满怀关爱、跟老百姓的心贴得很近很近。若所有医生都能如此，医患关系当会亲如一家。

——《健康报》

　　长期为患者开小处方的医生王争艳受到了舆论的好评，这样的医生令人钦佩。但显然，要推动"小处方"，不能光靠医生的职业道德和良心，在这样的制度背景下，谁还会去开"小处方"呢？

　　这是很无奈的一种处境。事实上，当医院的收入四成来自于药品，否则就无法实现正常运行的情况下，开"大处方"是必然的选择，这是制度使然。因此，要破解"大处方"，还得从制度上找原因。

　　医疗制度改革一直是人们热议的焦点，人们也早就看出了医、药不分家带来的弊端，提出要把药品从医院剥离出去，不能以药养医。新医改正在积极试点，盼尽快能惠及广大民众。

——《新华每日电讯》

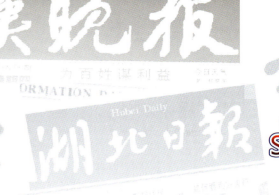

对许多人而言，两毛钱的处方像是一个遥远的传说。王争艳之所以值得尊敬，是因为在医德整体水平滑坡的当下，她恪守为医者的本分。王争艳之所以开低价处方，并不是慑于什么清规戒律的必然结果，而是个人道德律的内在规制。所以她会主动替患者着想，以尽可能低的费用医好病。也正因为道德力量的驱使，她不擅行医潜规则，自然失去了挣取更多外快的"大好时机"，至今只能默守清贫。

事实上，在缺乏有效违规威慑机制的前提下，医疗单位与医生形成利益同谋的现象并不鲜见。医生本应是一个值得尊敬的职业。一个理想的医生职业环境，应有助于他们医德向善。就医疗现状来看，利益调整和医德的重新塑立必不可回避两个主要问题，即医生隐性收入的显性化，以及剥离药品中畸高的人为"附加值"。不妨从"江城好医生"王争艳这一孤例入手，好好研究一下这名医德高尚医生的真正生存状态。此举的意义不仅可以避免医疗楷模精神上富足物质上清贫，还可以为重塑医德，理顺医疗利益关系搜集第一手物质资料。

——《中国青年报》

人们对王争艳的医德几乎无争议的肯定，或可说明她其实不只是"江城好医生"，在全国范围内，她都算得上"稀缺资源"。小处方竭尽医生职责，赢得病人回报，正颠覆着医疗行业的"潜规则"。王争艳每到一处，既有老病人辗转追随，又有新病人聚少成多。

在医德缺失为广大公众诟病的当下，王争艳的小处方折射出的恰恰是医德的美丽。对王争艳的礼赞，更多的是一种呼唤。"王争艳"不仅成了"恪守医德"的代名词，而且寄托了公众对廉价医疗的热盼。民心所向，这是一个公众呼唤医德回归的时代。

——《中国妇女报》

　　没有哪种职业像医生那样与人的健康和生命如此息息相关，没有哪种职业像医生那样，永远需要对人的健康和生命保持万般的谦抑与虔诚，没有哪种职业像医生那样，永远需要站在维护人的健康权、捍卫人的生命权的高度来培养和践行职业道德。很少有职业像医生那样，永远需要把敬业奉献的道德原则放在第一位，把个人得失和利益需求放在第二位。

　　王争艳用她的"两毛钱处方"，以她对患者的殷殷关怀之情和堪比"父母心"的深切体谅，完美地诠释了医务工作者职业道德的真谛。

——《北京青年报》

　　正如王争艳所认识到的那样，能治好病，是合格的医生，能花最少的钱治好病，才是好医生。让病人花最少的钱就能治好病其实是良医的世界准则之一，也是"黄金标准"之一，只是今天的现实使得这条标准被淡化了，甚至被人遗忘了，因而在王争艳身体力行这样的准则时，才让我们感到弥足珍贵，才让我们泪流满面。

——《新京报》

　　在我们通常的认知体系中，价与值的关系是成正比的，正可谓"一分价钱一分货"。然而，从医25年且赢得众多荣誉的王争艳医生，却为我们打破了此种常识。原来两毛钱的药也能治病啊！王医生的这种"价值观"，颇具颠覆性，给信奉主流经济价值观的我们上了一课的同时，似乎更是触及到医疗改革的核心问题，即"以药养医"制度。

　　这两毛钱的处方之所以能够"盈利"，一方面是遵守了薄利多销的原则，另一方面则是坚守了"以术养医"之道。患者和医者都得到了实惠，可谓双赢。这或许可为陷入"僵局"的基本药物制度实施，带来一定参考和借鉴意义。

　　因此，解决高药价带来的民生痛感，不能在"养"字上仅去算经济账，而是要从医界整体医术水平的提高去考量，毕竟谈医疗改革，怎能少得了医生这个主角呢？

——《东方早报》

　　如果你看了医生王争艳的事迹报道，你无法不被深深地感动。这位从医25年头发花白的医生，平均单张处方不超过80元，至今还常开两毛钱的处方。直至2009年12月22日退休，她依然清贫如洗，惟一值得她看重的财富，是老百姓对她的褒奖——"江城好医生"。

　　对当今医疗卫生事业而言，王争艳最大的贡献，是始终为患者省钱。她的"两毛钱处方"、"25年来平均单张处方不超过80元"两个细节，成为她从医生涯中，最夺目的亮点。她的实践已经证明，开小处方，并未延误治病，疗效也未因此受到影响。从医学理论来看，减少吃药，同时也可降低对病体的副作用。由此不难推断：像王争艳这样的好医生，其存在的价值是不可估量的，她的所作所为不仅是减轻患者负担，同时也是减轻国家负担。

　　一剂良药的最大价值，在于它值得依赖，值得托付以性命——天使的境界，也莫过于此。有人说，王争艳本身就是一剂药，不知道这剂药，能否治好那些狠心的大处方和那些无良的医生，以及存在漏洞的医药制度。

——《当代健康报》

　　王争艳以自身行动恪守了医者的操守，诠释了医者的价值。而那些平凡的细节，就足以让我们心灵颤动良久。王争艳之所以能让公众为之动容，实乃因为这样的医生在今天少得可怜。

　　民心所向，期待王争艳不只是个体、不只在江城。潜意识里，人人都希望遇到王争艳这样的医生，拿到王争艳式的处方。

　　公众朴素的梦想，无非是想医德回归，一如王争艳这般。但医德之生根发芽需合适的体制土壤，但愿献给王争艳的如潮掌声，能让新一轮医改回归公益的航向。

——《现代快报》

　　可以想象，医生如果愿替病人着想，量病开药，那么我们的医疗消费水平就会有一个质的下降，病人负担与财政负担就会大大减轻。好医生，便是医保最好的投入。当然，从王争艳的经历来看，增加这样的"医保投入"，比奢望大幅度提高医疗资金要难得多。

　　呼唤有"医者仁心"、"大医精诚"之境界的好医生，还需有好的制度。一个最现实的问题是，好医生不该是穷医生。王争艳是当之无愧的好医生，我相信大多数医者都愿意向她看齐。但王争艳同时又是一个穷医生，如果选择医德就等同于选择清贫，又有多少人会以王争艳为榜样？

——《信息时报》

在习惯了"看病贵"、"看病难"和医患纠纷的今天，王争艳为医方树立了一个标本。相对于"两毛钱的处方"，那些"开最贵的药，不开最好的药"的医院，是否应该为此感到汗颜？

由于种种原因，原本属于公益性质的医疗机构如今大多转向了市场。市场的盈利性导致了"看病贵"，但这里面难道就没有医德的因素？王争艳在"看病贵"的语境中，就为我们做出了"医德"的生动示例。

我国正在进行新一轮的医疗体制改革，但改革绝非是以医德为代价。从这个角度讲，"两毛钱的处方"不该只是一个历史传说。

——《重庆时报》

对于相当一部分医院以药养医带来的负面作用，新医改方案中明确要求要在今后逐渐使得医院里的以药养医变为医药分开。但方案固然让人们看到了有关部门的设计思路，但放诸于现实的医疗语境中，按照医药分家思路执行的医院，却并不是很多，对于很多医院而言，大药方仍然是一个普遍现象。

但无论如何，当一位医生只是实事求是地为患者开出最符合他们利益的药方便能成为好医生时，这是颇为耐人寻味的。当人们以各种方式对王争艳的行为予以赞扬时，实际上也从另一个侧面反映出，当下医疗环境还远没有达到一个令人满意的程度。在医疗资源还不是十分宽裕的时候，如何利用这部分资源，让更多的患者能看上病，同时还能看得起病，这一话题值得有关部门思考。

——《西安晚报》

新华每日电讯

新华通讯社出版

中國青年報

健康报

HEALTH NEWS

中华人民共和国卫生部主管

人民日

在王争艳身上，无论是其诊断病情的认真负责，还是媒体和市民盛赞的"小处方"，都是一名医生的职责所系。医者仁心是对医风医德的底线要求，在这一底线不断失守之际，王争艳恰如一阵春风，荡涤着某些医者利欲至上的头脑，抚慰着患者委屈的心灵。如果有一天王争艳式好医生不再珍贵而是层出不穷了，那不是王争艳的悲哀，而是整个医疗界和老百姓的幸福。

——《贵阳日报》

王争艳事迹揭示出这样一个最基本的逻辑：做一个干净的医生是需要坚守的。比如坚守清贫，是因为知道医生是治病的，不是医药代表，医生是站着的人，不是检查仪器的利润；比如坚守信念，最好的医生不一定需要最好的医院，最响的名头；比如坚守医道，医生天平的另一端是病人，不是钱、权、地位和上级。如果每一个医生都是干净的，那么医院曾经失落的本色，会在人们的心中回归本位价值——值得依赖，可以托付以性命。从这个意义上讲，王争艳平凡的事迹闪耀的正是医道不灭的光辉。

——《合肥日报》

如果没有大环境的方向导引，没有现实举措的正当激励的话，那么，即便是我们树立了太多的王争艳一样的"好医生"作为典型，教育、感化意义和价值也注定十分有限。所以，如果没有进一步的医疗卫生体制改革作为后继铺垫，从根本上改变"以药养医"现状的话；如果今后的医改依然难以摆脱部门利益、集团利益的掣肘，不能秉承以公益为旗的大方向的话，那么，"好医生"王争艳只能成为一个让我们钦佩，但"后来者寡"的"传说"。

——《山西晚报》

王争艳之所以被百姓称为好医生，是因为她懂得医生这个职业的价值，而有不少的医生却只懂得价格。医生是一个高尚的职业，高尚的医生恪守悬壶济世、治病救人的信条，把解除别人的病痛当作义不容辞的责任。但由于现行医疗体制的种种弊端，惟利是图的"大夫"日众，王争艳因此才显得如此出众和受人尊敬。这是一个考验医生道德良知的时代。

——《云南日报》

　　悬壶济世，莫过于此。在这样一个看病贵、看病难的时代，两毛钱的处方绝对凤毛麟角。透过两毛钱的处方，我们看到的是王争艳医生精湛的医术和高尚的医德。没有精湛的医术，自然不知道两毛钱的药如何开；没有高尚的医德，不把患者放在心上，看的不是病而是钱，估计也不会开两毛钱的处方。

—— 《太原晚报》

　　只有在一个健康、理性、卫生规则得到充分遵守，医患关系理想的医疗卫生环境下，开两毛钱这样的处方才不会难。否则，这样的个人行为就只能成为一种新闻，这样的医生也很容易成为焦点人物。在未来几年，新医改能否为医生们创造一种更理想的执业环境？从而培养出更多这样服务于公益医疗的医生群体？这是一种承载公众期望的追问。

—— 《渤海早报》